**PASSELIVRE**

# teatro para a juventude
Tatiana Belinky

© Companhia Editora Nacional, 2010
© IBEP, 2013

| | |
|---:|:---|
| Gerência editorial | Célia de Assis |
| Edição | Edgar Costa Silva |
| Produção editorial | José Antonio Ferraz |
| Assistente de produção editorial | Eliane M. M. Ferreira |
| Coordenação de arte | Narjara Lara |
| Assistência de arte | Marilia Vilela |
| | Tomás Troppmair |
| Ilustração de capa | Beth Kok |
| Revisão | Lia Ando |

**CIP-BRASIL. CATALOGAÇÃO-NA-FONTE**
**SINDICATO NACIONAL DOS EDITORES DE LIVROS, RJ**

B379t

Belinky, Tatiana, 1919-
  Teatro para a juventude / Tatiana Belinky ; ilustrações de Beth Kok. - São Paulo : IBEP, 2013.
  128 p. : il. ; 21 cm    (Passelivre)

  ISBN 978-85-342-3599-0

  1. Literatura infantojuvenil brasileira. I. Kok, Beth. II. Título. III. Série.

13-0091.                                           CDD: 028.5
                                                   CDU: 087.5

09.01.13  11.01.13                                       042028

1ª edição – São Paulo – 2013
Todos os direitos reservados

COM A NOVA
ORTOGRAFIA
DA LÍNGUA
PORTUGUESA

Av. Alexandre Mackenzie, 619 – CEP 05322-000 – Jaguaré
São Paulo – SP – Brasil – Tels.: (11) 2799-7799
www.editoraibep.com.br – editoras@ibep-nacional.com.br

Reimpressão Março 2022, Gráfica Impress

# Sumário

Édipo Rei (para os íntimos), 5

Os dois turrões, 36

As orelhas do rei, 61

Muitas luas, 84

# ÉDIPO REI
## (PARA OS ÍNTIMOS)

Comédia em um ato, baseada num conto
de Arcádio Avertchenko[1]

## Personagens

SEU AMÂNDIO
*(diretor e redator-chefe da revista, 35 anos, agitado, impaciente, enfezado)*

DONA LÚCIA
*(secretária, 25 anos, eficiente e bem-humorada)*

TETECO
*(menino de recados, 14 anos, vivo e esperto)*

ÉDIPO REI
*(moço, 25 a 30 anos, espertalhão)*

FUNCIONÁRIO DA COMPANHIA TELEFÔNICA

---

[1] Arcádio Avertchenko (1881-1925) foi um dramaturgo e satírico russo. Possuía um jornal de grande repercussão em seu país.

*(Cenário – escritório-redação da revista humorística "Diz-Farça!", ocupando uns dois terços da cena, separado por uma sugestão de divisória e porta da antessala, com mesinha e computador, onde fica a secretária-recepcionista. Na porta entre as duas salas, em lugar visível, uma tabuleta: "DIZ-FARÇA! – Revista de Humor e Sátira – Gabinete do Diretor – Não entre sem ser anunciado".)*

*(Ao abrir o pano, dona Lúcia está à sua mesa, em sua saleta, digitando no computador. Na mesa, há uma extensão de telefone, uma pilha de revistas, cartas, papéis etc. Calendário na parede. Uma cadeira extra, para visitantes. Na sala da redação, seu Amândio, mergulhado em montanhas de papéis, revistas etc., está escrevendo furiosamente, com os óculos na testa. Na sala, além da sua grande escrivaninha com telefone, há uma poltrona para visitas, fotos e recortes na parede etc. e uma cesta de papéis, cheia até a boca. Dona Lúcia escreve com calma e eficiência em sua salinha. Seu Amândio arranca a página onde está escrevendo, amarrota-a nervosamente, joga-a na cesta já cheia e começa a procurar alguma coisa no meio dos papéis, nas gavetas etc. Enquanto isso, entra Teteco, pé ante pé para não perturbar, e passa na frente da escrivaninha de seu Amândio. Este levanta os olhos e faz cara feia para o menino, que para.)*

SEU AMÂNDIO *(num rosnado)* – E então? Que é que você está fazendo na minha frente, parado, sem fazer nada?

TETECO – Eu estava só passando para...

SEU AMÂNDIO *(interrompe)* – Não interessa! Olhe para esta cesta de papéis!

*(Teteco olha.)*

SEU AMÂNDIO – Ande, Teteco! Vá esvaziá-la e saia da minha frente!

*(Teteco apanha depressa a cesta de papéis e sai para a antessala, fechando a porta atrás de si. Seu Amândio continua a procurar entre os papéis e pelas gavetas, agarra o telefone, lembra-se de algo, repõe o fone no gancho com raiva, continua a procurar.)*

DONA LÚCIA *(olha para Teteco)* – Chiii... outra cesta cheia!

TETECO – Pois é, dona Lúcia. Seu Amândio não está muito bom hoje – não são nem três horas ainda e já é a segunda cesta que está cheia. Ele não está gostando de nada do que fez hoje.

7

Dona Lúcia – Eu que o diga. Seu Amândio já ditou a mesma carta quatro vezes para mim, e jogou todas fora.

Teteco – É esta que a senhora está batendo agora?

Dona Lúcia – Pela quinta vez...

Teteco – É ... Ele está nervoso, já esvaziei o cinzeiro dele seis vezes. E toda vez que eu entro na sala dele, ele me olha com uma cara de bicho-papão que dá medo!

Dona Lúcia – Coitado do seu Amândio, ele até que não é assim. Deve ser o fim do mês: contas a pagar, aborrecimentos...

*(Durante esta última fala, seu Amândio, lá na sua sala, toca várias vezes a sineta que está na mesa e grita alto, enfezado: "Dona Lúcia! Dona Lúcia!".)*

Teteco – Chiii... Ele está bravo mesmo, é melhor a senhora ir logo.

Dona Lúcia *(enquanto calmamente tira a carta da máquina e apanha um envelope)* – Não tenho medo da braveza dele...

Seu Amândio *(lá do seu lado)* – Dona Lúcia! Mas onde é que se meteu essa moça, diacho!

Dona Lúcia *(alto)* – Já vou, seu Amândio!

*(Lúcia entra na sala do diretor, enquanto Teteco sai pelo outro lado com a cesta.)*

Seu Amândio *(feroz)* – Ah! Até que enfim!

Dona Lúcia *(calma)* – Deseja alguma coisa, seu Amândio?

Seu Amândio – Desejo alguma coisa, sim, senhora, dona Lúcia! Desejo saber onde estão os meus óculos! Não consigo fazer nada sem eles, há meia hora que estou procurando, e nada! E tenho certeza de que eu vim com eles hoje. Eles estavam aqui agora mesmo!

Dona Lúcia *(olhando para a testa dele)* – "Aqui" onde, seu Amândio?

Seu Amândio – Aqui, aqui mesmo, nesta sala, no lugar onde os deixei!

Dona Lúcia – Com efeito, seu Amândio, eles estão exatamente no lugar onde o senhor os deixou. Com licença.

*(Dona Lúcia tira os óculos da testa dele e lhe entrega.)*

SEU AMÂNDIO *(desapontado)* – Ora bolas! Não sei onde estou com a cabeça hoje!

DONA LÚCIA – A cabeça está no lugar de sempre, o que estava fora do lugar eram os óculos...

SEU AMÂNDIO *(dominando o mau humor)* – Dona Lúcia, a senhora nasceu para secretária de revista humorística. O seu senso de humor não a abandona nunca!

DONA LÚCIA – Obrigada, seu Amândio, mas o seu senso de humor também não é dos piores – quando está presente, bem entendido.

SEU AMÂNDIO *(picado)* – Mas hoje eu tenho boas razões para estar um tanto... afobado: é fim de mês, contas e mais contas para pagar, e ainda por cima esse azar do telefone – o raio do telefone tinha que pifar logo hoje, quando mais preciso dele! *(feroz)* – Aliás, a senhora já pediu providências à companhia telefônica, dona Lúcia?

Dona Lúcia *(sempre calma)* – Já, seu Amândio, claro. Toda vez que saio para tomar um cafezinho, ligo para a seção de consertos.

Seu Amândio *(sarcástico demais)* – Ah, o cafezinho... Se foi na hora do cafezinho, posso ficar tranquilo, que a senhora já deve ter pedido providências à companhia telefônica hoje pelo menos uma dúzia de vezes. Não entendo como ainda não vieram consertar.

Dona Lúcia – Essas coisas não andam assim tão depressa, seu Amândio, o senhor sabe...

Seu Amândio – Eu sei, é? A única coisa que eu sei é que eu estou sem telefone, e um redator de revista sem telefone é a mesma coisa que um... um...

Dona Lúcia – ... um tigre de Bengala sem a bengala?

Seu Amândio – É, um tigre de Bengala sem a bengala... *(cai em si)* – Ora, dona Lúcia, a senhora está me gozando?

Dona Lúcia – Eu?!! Longe de mim tal ideia! *(muda de tom)* – Aqui está a sua carta para o fornecedor de papel. Espero que desta vez esteja a seu gosto. *(põe diante dele)*

— Pode assinar. E aqui... *(com intenção)* — ... e aqui, uma carta do senhor Édipo Rei.

Seu Amândio *(que já ia assinando, dá um pulo)* — Édipo Rei! Outra vez!

Dona Lúcia *(calma)* — Outra vez. Este cavalheiro não desiste de "colaborar" no "Diz-Farça!". Desta vez é um conto... como era mesmo? *(consulta a carta que tem na mão)* — ... Está aqui... um conto "zurzindo os males sociais e os ridículos alheios"...

Seu Amândio — "Ridículos alheios", é? Pena que esse senhor não possua um espelho, para observar os seus próprios ridículos... "zurzindo!". A senhora leu o conto? É engraçado?

*(Teteco entra na antessala, com a cesta vazia.)*

Dona Lúcia — Engraçado? Eu não ousaria aplicar um adjetivo assim tão forte. O senhor mesmo não quer ler o conto?

Seu Amândio *(defende-se com ambas as mãos)* — Não, não, não, Deus me livre! Jogue-o no lixo!

TETECO *(entrando em cima da fala dele)* – A cesta está aqui.

*(Teteco segura a cesta diante de Lúcia.)*

DONA LÚCIA *(com o conto suspenso sobre a cesta)* – Sem mesmo responder? Pela seção de correspondência?

SEU AMÂNDIO – Não e não! Toda semana, também, já é demais! Pode jogar!

DONA LÚCIA *(encolhe os ombros)* – O senhor não pede, manda. *(deixa o conto cair na cesta, que Teteco põe em seu lugar)* – Pode ir, Teteco.

SEU AMÂNDIO – Vá, vá, menino! Vá ver se tem carta no correio!

*(Teteco sai.)*

DONA LÚCIA – Como é, seu Amândio, não vai assinar a carta para a papelaria Papelindo?

SEU AMÂNDIO – Ah, sim... *(assina)* – Pode despachar, dona Lúcia. *(Lúcia pega a carta e já vai sair, mas ele a detém)* – Um momento, dona Lúcia. Vou fazer uma consulta à gráfica e já lhe digo o que fazer... *(pega o telefone, vai discar, cai em si)* – Oh, diacho! Sempre me esqueço que o bendito telefone está morto! *(furioso)* – Inferno! *(dá um safanão e arranca o fio do telefone. Olha encabulado da ponta do fio do telefone para a cara ironicamente consternada de Lúcia)* – Bem, bem... pode ir... vá até o bar e reclame o conserto...

Dona Lúcia – Outra vez?

Seu Amândio – Outra vez, outra vez, sim, senhora!

Dona Lúcia – Como quiser, chefe. Mas depois não insinue que eu estou tomando cafezinho muitas vezes por dia.

*(Dona Lúcia sai, atravessa a saleta, onde apanha a bolsa, e sai de cena.)*

Seu Amândio *(sozinho, resmungando alto)* – Cafezinho, telefone, Édipo Rei, contas, contas, contas!

*(Seu Amândio fuça entre os papéis, acha um cigarro, vai acender, percebe que está virado ao contrário, joga--o no chão. Levanta-se, anda de um lado para outro na*

*sala; joga-se na poltrona, estica as pernas, acende outro cigarro, tenta relaxar o corpo, não consegue, levanta-se de novo, apaga o cigarro, volta para a mesa, recomeça a escrever. Nesse meio tempo, Lúcia reaparece na sua saleta com um sanduíche na mão, senta-se no seu lugar e come tranquilamente. Pausa brevíssima. E, de repente, sem aviso prévio, irrompe pela sala, muito à vontade, o próprio "Édipo Rei", desembaraçado demais, quase confiado, com uma pasta na mão.)*

ÉDIPO REI – É aqui o gabinete do diretor da revista "Diz-Farça!"?

DONA LÚCIA *(enfia o sanduíche na gaveta, depressa)* – O senhor deseja alguma coisa?

ÉDIPO REI – Oi, coisa fofa, desejo sim. Desejo falar com o diretor, o Amândio. *(olha para a porta)* – E vejo que estou certo.

*(Édipo Rei vai direto para a porta, mas Lúcia intercepta-o.)*

DONA LÚCIA – Um momento, um momento... Quem é o senhor? Tem hora marcada com o "senhor" Amândio?

ÉDIPO REI – Não tenho hora marcada, senhorita secretária eficientíssima, mas o meu amigo Amândio me receberá imediatamente assim que souber que quem o procura, com um manuscrito genial... *(bate na pasta)* – ... é, nada mais, nada menos, que Édipo Rei!

DONA LÚCIA *(num susto)* – Édipo Rei!

ÉDIPO REI *(lisonjeado)* – Vejo que a senhorita também me conhece. É natural. *(tenta afastá-la negligentemente)* – Com licença. Estou com pressa.

DONA LÚCIA *(não arreda pé da porta)* – Um momento, meu caro senhor. Seu Amândio não recebe ninguém sem ser anunciado. O senhor faça o favor de sentar-se um pouquinho aqui nesta cadeira, enquanto eu aviso o senhor diretor da sua presença. *(imperativa)* – Sente-se! *(gesto)* – Se faz o favor.

*(Édipo Rei não tem remédio senão obedecer, e Lúcia entra na sala do diretor, fechando a porta atrás de si.)*

DONA LÚCIA – Com licença, seu Amândio... Está aqui uma pessoa à sua procura, que deseja...

Seu Amândio *(interrompe)* – Vieram consertar o telefone?

Dona Lúcia – Infelizmente, não é isso. É... alguém que quer falar com o senhor urgentemente.

Seu Amândio – Quem é? Perguntou o nome? O que quer?

Dona Lúcia – Perguntei tudo. Ele traz um manuscrito... e é o senhor Édipo Rei.

Seu Amândio *(num sobressalto)* – Édipo Rei!

Dona Lúcia – Em carne e osso. Mando entrar?

Seu Amândio – Deus me livre e guarde! Mande-o passear, diga que... que morri, que caí no canal!

Dona Lúcia – Sim, seu Amândio.

*(Dona Lúcia vai para a porta.)*

Seu Amândio *(mudando de ideia)* – Um momento... *(ela para, volta-se)* – Que jeito tem ele, esse Édipo Rei?

Dona Lúcia *(dúbia)* – Bem... é muito... desembaraçado. Demais da conta.

Seu Amândio – Ah, é? Pois sabe de uma coisa? Faça-o entrar.

Dona Lúcia *(espantada)* – O senhor vai recebê-lo?

Seu Amândio – Vou. Vou mesmo. Talvez sirva para me distrair das dores de cabeça deste dia infernal.

*(Seu Amândio recosta-se na cadeira giratória, pronto para o que der e vier.)*

Dona Lúcia – Muito bem. Mas não diga depois que eu não avisei. *(passa para a antessala)* – Pode entrar, senhor Édipo Rei. O senhor diretor está à sua espera.

Édipo Rei *(levanta-se de um pulo)* – Eu não lhe disse que ele me receberia sem demora? *(toca-lhe o queixo, confiado)* – Obrigado, xuxu. *(entra na sala do diretor e logo se refestela na poltrona, muito à vontade)* – Boa tarde, meu querido. Tudo legal?

Seu Amândio *(dubiamente)* – Hum... Boa tarde... A que devo a honra?

Édipo Rei – Ora, ora, quanta cerimônia! Você, naturalmente, se recorda de mim: Édipo Rei, da seção de correspondência da sua revista!

Seu Amândio *(fingindo pensar)* – Édipo Rei... Estou me lembrando, sim... Mas não é da seção de correspondência.

Édipo Rei – Como assim? Já se defrontou com o meu nome em algum outro lugar?

Seu Amândio – Sim... Houve um certo personagem, por sinal que muito trágico, chamado Édipo... era um rei de Tebas, parece... Ah, e tem também aquele famoso complexo... edipiano...

Édipo Rei *(interrompe)* – É uma lenda da mitologia grega. Édipo Rei. Escolhi um belo pseudônimo para as minhas lides literárias, não acha?

Seu Amândio – Hummmm...

Édipo Rei – Forte, férreo, majestoso, não é verdade?

Seu Amândio – Tonitruante, sem dúvida.

Édipo Rei – É um nome robusto, dinâmico. Vai bem com a minha personalidade. Você decerto ficou admirado quando me respondeu, pela primeira vez, na seção de correspondência...

Seu Amândio – Sim, acho que me lembro. Respondi qualquer coisa assim: "Senhor Édipo Rei, seu ensaio é de uma displicência imperdoável, não merece publicação".

Édipo Rei *(rindo)* – Foi isso mesmo. Humor fino, o seu! E a sua segunda resposta foi mais engraçada ainda...

Seu Amândio – A segunda? Quando o senhor me mandou uns "versos"?

Édipo Rei – Pois é, versos. O senhor respondeu assim: "Nenhuma cabeça, a não ser talvez a sua, rimaria com 'mormaço'". *(ri)* – "Cabeça-mormaço" – de fato, admito, é uma rima um tanto... irregular.

Seu Amândio – E o que pretende o senhor agora? Me pedir satisfações por causa daquela resposta?

Édipo Rei *(sério)* – Daquela, não. Da outra.

Seu Amândio – Que outra?

Édipo Rei – A terceira. A da semana passada. *(puxa do bolso um número da revista, já aberto no lugar)* – Aqui... *(vai até a escrivaninha de Amândio, mostra e lê)* – Aqui onde você escreveu, um tanto seriamente: "Caro Édipo Rei. Deixe, para todo o sempre, de fazer versos. E aceite um conselho amigável: ocupe-se de qualquer outra coisa". *(olha para Amândio)*

Seu Amândio *(sério)* – É um conselho sensato.

Édipo Rei – É por causa dele que estou aqui.

Seu Amândio – Como assim?

Édipo Rei – Você me aconselhou que me ocupasse de outra coisa. De que devo ocupar-me?

Seu Amândio *(perplexo)* – O que é que o senhor pretende com esta pergunta?

Édipo Rei – Aquilo mesmo. Saber de que devo ocupar-me.

Seu Amândio *(perdendo a esportiva)* – E sou eu que tenho

de saber disso? A sua vida não é da minha conta, meu caro senhor Édipo Rei.

Édipo Rei *(gravemente)* – Não, meu caro amigo. O caso não pode ficar assim. Desde que me aconselhou tão categoricamente a desistir de minha carreira literária, você assumiu, por assim dizer, a responsabilidade pelo meu ulterior destino.

Seu Amândio *(um pouco perturbado)* – Bem... quer dizer... eu poderia eventualmente lhe aconselhar alguma coisa, mas para isso eu teria que conhecer as suas aptidões, o que o senhor sabe fazer...

Édipo Rei – Aptidões! Estou apto para fazer qualquer coisa, tudo.

Seu Amândio – Tudo! Isto é demais, e até perigoso. É preciso estar apto a fazer uma coisa só, benfeita. Dê um exemplo: em que gostaria de se ocupar?

Édipo Rei – Qualquer coisa que tenha relação com a literatura. Sou um intelectual por excelência.

Seu Amândio – Literatura... Como o quê, por exemplo?

Édipo Rei – Já que insiste em perguntar, eu digo: quero ser gerente desta revista.

Seu Amândio *(acachapado)* – "Desta" revista?! Desta aqui?

Édipo Rei *(calmo)* – Sim. Do "Diz-Farça!". Gerente da sua revista.

Seu Amândio – Mas... mas esta revista já tem um gerente!

Édipo Rei – Não tem importância. É só despedi-lo.

Seu Amândio – Realmente? E como despedi-lo, se não há motivo?

Édipo Rei – Ora, ora, meu velho, desde quando é preciso motivo para uma coisa dessas? Quer que lhe ensine como se faz nesses casos?

Seu Amândio *(contido)* – Ah... E como é que se faz nesses casos?

Édipo Rei – Simples. Você levanta uma questão, e cria um caso, reclamando do gerente um manuscrito que nunca existiu. Naturalmente, ele não encontra o tal manuscrito. Então você o acusa de ter perdido um manuscrito tão importante e manda-o passear.

*(Durante esta fala, Teteco entra na antessala e entrega um envelope a Dona Lúcia, que o abre e lê. Teteco sai.)*

SEU AMÂNDIO – Hummm... é uma ideia interessante. Mas, supondo que eu resolva recorrer a este pequeno... truque, quem é que me garante que o senhor se revelará melhor gerente do que ele?

ÉDIPO REI – Ora, quanto a isso, não tenha receio. Eu lhe provarei que sou capaz de fazer tudo, de cima até embaixo: eu tenho um talento e uma vivacidade extraordinários, como você já deve ter notado, e além disso as minhas relações pessoais...

*(No meio desta fala, entra Dona Lúcia com o bilhete na mão e faz sinal para Amândio, que interrompe a verborragia do outro.)*

SEU AMÂNDIO – Deseja alguma coisa, dona Lúcia?

DONA LÚCIA – Veio um recado da gráfica dizendo que a censura não deixou passar a poesia satírica com a vinheta.

Édipo Rei *(antes que Amândio tenha tempo de abrir a boca, muito entendido e importantão)* – E por que razão mandaram a poesia para a censura? Deviam ter mandado apenas a vinheta.

Dona Lúcia – Nós mandamos a vinheta primeiro, mas a censura não deixou passar.

Édipo Rei – Ah, é assim? Neste caso, vou ter que tomar providências eu mesmo.

*(Lúcia e Amândio se entreolham.)*

Dona Lúcia E Seu Amândio *(juntos)* – Providências?

Édipo Rei – Providências. Vou ter que falar eu mesmo com o Bebeto.

Seu Amândio – Bebeto? Quem é Bebeto?

Édipo Rei – Um amigo meu, que é mandachuva lá na censura. Bebeto para os íntimos. Eu dou um jeito nisso já e já. *(senta na poltrona)* – Como era mesmo o telefone dele... espera aí...

*(Édipo Rei pega no fone. Lúcia faz um movimento de quem vai avisá-lo do defeito, mas Amândio, numa inspiração súbita, lhe acena para ficar quieta, e Édipo Rei disca rapidamente, faz uma pequena pausa e logo fala, com displicência.)*

Édipo Rei – Alô! É da censura? Quero falar com o Bebeto, perdão, com o senhor Roberto. Pode dizer que é Édipo Rei, ele já sabe. *(para Amândio)* – Eu já sou conhecido pelo meu pseudônimo. *(no fone)* – Alô? É o Bebeto? Sou eu mesmo. Tudo azul, e com você? Ótimo. Diga-me uma coisa, Bebeto, que negócio é esse de podar a vinheta do "Diz-Farça!"? Ora, deixe disso, eu me responsabilizo... Você revoga a ordem? Ótimo, obrigado, Bebeto, você é um amigão. Recomendações à patroa. Até. *(põe o fone no gancho)* – Pronto. Está arranjado.

*(Édipo Rei nem repara na troca de olhares e na cara dos dois.)*

Seu Amândio – Ora, veja só. Muito obrigado. O senhor tem influência mesmo. *(para Lúcia, que mal se contém)* – Pode voltar ao seu trabalho, dona Lúcia. *(Lúcia se dirige para a porta)* – O senhor foi ótimo!

ÉDIPO REI – Isso não é nada. Diga-me uma coisa, onde é que vocês compram o papel da revista? Quanto pagam?

SEU AMÂNDIO *(para Lúcia, que já está com a mão no trinco)* – Pode dar essa informação, dona Lúcia?

DONA LÚCIA – Compramos na Indústria Papelindo... dez resmas por 180 reais.

ÉDIPO REI – 180 reais! Caríssimo! Não há razão para pagar tanto. É por isso que a revista não vai adiante. Eu posso arranjar-lhes o papel pelo menos 20% mais barato. Convém a vocês? *(sem esperar resposta, torna a pegar o fone, discando ligeiro)* – Alô? Indústria Papelindo? Quero falar com o chefão. Com ele mesmo. Pode dizer que é o Édipo Rei. *(para Amândio)* – Vai ser tiro e queda... *(no fone)* – Alô, é você, Papelindo? Como vai, velhão? Tudo bem? *(para Amândio)* – Sujeito bom está aí... Um coração de manteiga... *(no fone)* – Sim, sim, sou eu mesmo. O que eu desejo? Desejo saber que história é essa de cobrar aquele despropósito pelo papel do "Diz-Farça!". É demais, homem! Você precisa ver que esta revista é diferente das outras... humor e sátira são coisas muito sérias. Não, não quero saber do seu custo. Faça um cálculo e arrume um bom desconto.

Espero, sim. *(para Amândio)* – Ele está calculando. *(no fone)* – Ah, assim está melhor... é uma diferença de uns 25%... Está muito bem, vamos mandar o pedido hoje mesmo. E muito obrigado, velhão. Tchau mesmo. *(põe o fone no gancho)* – Viram como foi fácil? E 25% de desconto não é pouco!

*(Dona Lúcia engasga de repente.)*

SEU AMÂNDIO *(levanta-se ligeiro)* – A senhora se resfriou, dona Lúcia? Cuidado com a friagem... vá pôr um agasalho, que essa tosse pode ser perigosa...

*(Seu Amândio vai empurrando-a para fora da sala, ela sai, ele fecha a porta atrás dela, ela cai sentada na cadeira, contorcendo-se de riso silencioso. Quando Amândio se volta, Édipo Rei já está sentado no seu lugar, à escrivaninha, remexendo nos papéis sem a menor cerimônia.)*

ÉDIPO REI – Diga-me uma coisa, Amândio, como está organizado o seu serviço de publicidade? Reparei que a revista não tem anúncios de bancos.

SEU AMÂNDIO *(sério, gozando a situação)* – Os bancos não fazem publicidade em revistas humorísticas.

ÉDIPO REI *(tomando notas)* – Absurdo. Puro preconceito. Talvez os bancos estatais não façam, mas os privados, não há motivo. O Banco Onírico, por exemplo... Tem uma lista telefônica aí?

SEU AMÂNDIO *(acha a lista sob os papéis na mesa)* – Aqui...

ÉDIPO REI – Obrigado. Tenho a cabeça tão cheia de telefones que de vez em quando me escapa um... *("acha" na lista)* – Ah, aqui está... Banco Onírico, gabinete do diretor... *(disca)* – Alô? Por favor, senhorita, o doutor Vaz Cunha... Eu mesmo... *(para Amândio)* – A secretária dele já me conhece pela voz. *(no fone)* – Pronto? É o Vaz Cunha? Pois é, sou eu... Não pude telefonar antes, você sabe, ando muito atarefado... Você também? Bom sinal! Fale a verdade, que dividendos vocês tiveram esse ano? Tudo isso? Parabéns! Mande o relatório para o "Diz-Farça!"! É isso mesmo, o "Diz-Farça!". Não entendo como é que vocês ainda não pensaram em fazer publicidade nessa revista. Não, não quero ouvir desculpas. Mande amanhã mesmo. A página dupla por 150 mil reais. Qual crise qual nada! Vai me dizer que banqueiro tem crise? Para você, está de graça!

Seu Amândio *(sério)* – Faça um desconto de 10% por ser a primeira vez...

Édipo Rei *(para Amândio)* – Nada disso. Ele vai ficar mal--acostumado. *(no fone)* – Não, não era com você... Mas, então, pense depressa.

Seu Amândio *(fingindo preocupação)* – E se ele desistir... Vai ser pior...

Édipo Rei *(para Amândio, tapando o bocal)* – Está bem, já que você insiste. Mas eu não seria tão mole. *(no fone)* – Sabe de uma coisa, Vaz Cunha, eu faço um desconto de 8% por ser a primeira vez, está bem assim? Ok, mas mande hoje mesmo, ainda dá tempo. Até mais, Vaz Cunha. *("desliga")* – É um chato, esse Vaz Cunha. Tem até cara de Vaz Cunha, ou de rascunho... Mas é diretor de banco, sabe como é... *(cruza os braços e balança para trás a cadeira)* – Sente-se, homem. Você em pé aí na minha frente me deixa nervoso. *(Amândio obedece)* – Assim está melhor. E agora, quero saber alguma coisa sobre os seus colaboradores. Quem escreve na sua revista?

Seu Amândio – Bem... muita gente...

ÉDIPO REI – Isso eu sei. Mas você tem gente boa mesmo? Ferreira Gullar, por exemplo? Ou Daniel Piza?

SEU AMÂNDIO – Não... Mas eles não costumam escrever para revistas humorísticas.

ÉDIPO REI – Isso não tem importância. São nomes interessantes, têm cartaz, qualquer coisa que escrevam fará bem à revista. Vamos fazer uma sondagem... Como era mesmo o telefone do Daniel Piza... Hummmmm... Ah, já me lembrei. *(disca rapidamente)* – Alô! Isso, sou eu mesmo! *(para Amândio)* – Ele reconhece a minha voz à primeira sílaba... *(no fone)* – Pois é, eu também já estava pensando isso... Eu sei, eu sei, muito trabalho sempre. Mas sempre sobra um tempinho para você escrever alguma coisa para uma revista humorística!... E daí? Com o seu senso de humor, qualquer coisa que você escrever será um estouro!... O "Diz-Farça!" – não, é separado mesmo – é um trocadilho político, você sabe... Para amanhã está ótimo. Falou e disse, meu querido. Uma bicoca na ponta do nariz. Até qualquer hora! *(desliga e fica muito cansado)* – Ufa! *(para Amândio)* – Que tal? O pai aqui pra arranjar as coisas está sozinho, é ou não é?

Seu Amândio *(cheio de admiração)* – É formidável. Pelo que vejo, o senhor é o homem mais bem relacionado de São Paulo.

Édipo Rei *(condescendente)* – Mais ou menos... Se precisar de qualquer coisa, estou sempre às ordens... *(refestela--se na poltrona)* – E agora diga, posso ser comparado ao seu atual gerente?

Seu Amândio – Nunca! Nem mesmo cabe o paralelo.

Édipo Rei – Então estou contratado?

Seu Amândio *(pensativo)* – Bem, quer dizer... eu não desejo outra coisa... Mas eu gostaria de poder me livrar do meu gerente atual de uma maneira mais... agradável...

Édipo Rei *(sorriso complacente)* – Vejo que você é um sentimental, tem escrúpulos em acusar seu gerente de ter perdido um manuscrito inexistente, não é? *(severo)* – Com todos esses sentimentos, você não vai muito longe nesta *struggle for life*[2] impiedosa na *jungle*[3] da concorrência!

---

[2] Em inglês, luta pela vida.
[3] Em inglês, selva.

Seu Amândio *(sorriso encabulado)* – É, eu sou assim...

Édipo Rei – Está bem, está bem, por esta vez eu lhe arranjo outra solução para o caso...

Seu Amândio – E que solução seria essa? Deverei talvez levantar dúvidas sobre as convicções ideológicas do meu gerente?

Édipo Rei – Não, isso já está muito batido. Tenho uma ideia melhor – você pode fazer o seguinte. Chame a sua linda secretária... *(Lúcia, que estava escutando do outro lado da porta, reage)* – ... e dite-lhe uma carta fingindo que é de outra revista – da *Veja*, ou da *Época* – oferecendo ao seu gerente um lugar melhor, com o dobro dos vencimentos atuais. Naturalmente, assim que ele receber essa carta, pedirá demissão e o cargo estará livre para mim.

Seu Amândio *(muito vivo)* – E eu nem ao menos terei problemas trabalhistas, com indenização e tudo o mais... Ideia excelente, com efeito, senhor Édipo Rei!

Édipo Rei – Então está resolvido?

Seu Amândio – Acho que está.

ÉDIPO REI *(muito eficiente)* – Bem, entre escrever a carta, o seu gerente recebê-la e pedir sua demissão, deverão passar umas vinte e quatro horas... Assim, amanhã à tardinha você já poderá telefonar-me avisando se está tudo em ordem, e eu virei tomar posse do meu cargo. *(tira um cartão muito grande do bolso)* – Aqui está o meu cartão com o meu telefone. Você me telefona amanhã à tarde, está bem?

SEU AMÂNDIO *(olhando para o telefone com um brilho diabólico nos olhos)* – Telefonar-lhe... Mas isto não é tão simples como parece... A propósito, o senhor, que tem tantas relações, será que conhece também algum diretor da companhia telefônica?

ÉDIPO REI – O diretor da companhia telefônica? O Reis? Claro que conheço, ele é até meu compadre. Por quê?

SEU AMÂNDIO *(pegando o fio do telefone, bem devagar)* – Não é bem, bem isso... é que...

*(Nisso, a porta se abre e entra Dona Lúcia, acompanhada de um homem com uniforme da companhia telefônica, com uma caixa de ferramentas na mão, e que entrou na antessala durante as últimas falas.)*

DONA LÚCIA – Com licença, seu Amândio. O homem da companhia telefônica chegou para consertar o telefone...

*(A esta altura, Amândio já está com a ponta do fio arrancado na mão, abanando-a significativamente, e Édipo Rei já percebeu a extensão da tragédia. Segue-se uma cena muda de todo o vexame, cuja marcação fica a cargo da imaginação do diretor e dos atores. Finalmente, Édipo Rei sai, Amândio e Lúcia olham um para o outro e prorrompem em gargalhadas, enquanto o homem da companhia telefônica assiste a tudo, balançando a cabeça, perplexo.)*

## FIM

# Os dois turrões

Baseada num conto popular

## Personagens

José

*(um camponês português, meia-idade)*

Maria

*(sua mulher)*

Primeiro e segundo viajantes

*(dois moços engraçados; podem ser saltimbancos ou mesmo palhaços)*

*(Cenário – uma aldeia em Portugal. Interior da casinha do casal, aconchegado, com lareira, cadeira de balanço perto da lareira; mais ao fundo mesa, aparador, fogão, pratos de faiança na parede, um santo no nicho etc. E a porta de entrada, com trava, aberta.)*

*(Nota – a ação está localizada em Portugal, mas pode acontecer também no Brasil, com personagens do sul do Brasil. É só mudar o sotaque dos atores, a canção que os personagens cantam e, naturalmente, os trajes.)*

*(Ao abrir o pano, José está sentado na cadeira de balanço, balançando-se, e Maria está diante da mesa, preparando dois pudins.)*

JOSÉ *(espreguiçando-se gostoso, levanta-se e vai até a mesa)* – E o que a minha boa mulherzinha está preparando hoje?

MARIA – Estou preparando dois pudins, marido, um escuro e outro claro!

JOSÉ – Um de chocolate e um de creme! Hummmm! Já estou até com água na boca!

*(José mete o dedo num dos pudins e lambe.)*

MARIA *(pancadinha na mão dele)* – Tira a pata daí, José. Imagina, um marmanjo barbudo enfiando o dedo no pudim que nem moleque!

JOSÉ – Mas é que é tão gostoso! Não posso esperar!

MARIA – Pois terás que esperar, quer queiras quer não! Mas não precisas ficar tão infeliz, em meia hora os pudins estarão prontos e, então, poderás comê-los sossegado! Agora vai, vai fumar o teu cachimbo, para te distraíres enquanto termino o serviço!

*(Maria canta.)*

JOSÉ – Que remédio...

*(José vai até o móvel, pega o cachimbo, acende-o, senta-se na cadeira de balanço e, de vez em quando, lança uma olhadela para a mulher atarefada. Ela percebe e ri.)*

MARIA – Estás impaciente, hein, José? Por que não cantas um pouco para passar o tempo?

José – É uma ideia, mulher...

(José começa a cantar, balança-se no ritmo da canção, que é "Meninas, Vamos ao Vira". Canta uma estrofe e para.)

Maria – Que é? Por que paraste? Eu estava gostando...

José – Canta junto, mulher! Gosto quando fazes coro comigo!

Maria – De bom grado... Podes começar...

José – "Meninas, vamos ao vira, ai, que o vira é coisa boa..."

(José canta uma estrofe inteira, ela faz coro, a coisa toda está muito agradável. Ela não para de trabalhar. Logo, põe um dos pudins no forno, enquanto está com o outro na mão; de repente, começa a ventania lá fora.)

Maria (interrompendo-se) – Chiii... Lá vem tempestade.

José – É, e das bravas.

(Maria está justamente às voltas com o forno e o segundo pudim, quando a porta bate – "bum!".)

José – A porta bateu, Maria.

Maria – Sim, eu sei.

*("Bum!", outra vez.)*

José – Maria, a porta está batendo.

Maria – Eu ouvi.

*(Maria sempre atarefada, mas já de propósito. A porta bate de novo.)*

José – É preciso fechar a porta, Maria.

Maria – Já percebi. *(pausa)*

*(Maria tira o primeiro pudim, coloca-o na mesa e começa a enfeitá-lo. A porta bate de novo.)*

José – Maria, vai passar a tranca na porta.

*(Maria não responde.)*

José *(fala enérgico)* – Maria, passa a tranca na porta!

Maria – Não!

José – O quê? O que disseste?

Maria – Eu disse não. Não vou passar a tranca na porta coisa nenhuma!

José – Como assim? Passa a tranca na porta, mulher!

Maria *(mãos nos quadris)* – Passa tu mesmo a tranca na porta se queres a porta fechada!

*(Porta bate.)*

José – Eu não! Eu falei para tu passares a tranca na porta primeiro!

Maria – E eu falei que não passo a tranca na porta e está acabado! Fecha-a tu, se queres! Quem quer vai, quem não quer manda!

José *(tentando ser razoável)* – Mas, mulher! Por que essa teimosia? Por que não queres fechar a porta? Estou te pedindo...

*(Porta bate agora cada vez que um deles acaba de falar.)*

MARIA – Porque tu és um homem egoísta e sem consideração.

JOSÉ – Como assim? O que foi que eu fiz?

MARIA *(arremedando)* – "O que foi que eu fiz?" – olha só a santa inocência! Refestelado aí na cadeira de balanço sem fazer nada, e não tens coragem de te levantares para fechar a porta que está batendo! Claro, sua excelência não pode se incomodar! Sua excelência, o senhor José, está fumando o seu cachimbo, e não pode se mexer do lugar! Está grudado na cadeira!

JOSÉ – Mas...

MARIA – Mas a mulher, sim! A mulher tem que fazer tudo ao mesmo tempo! Para te fazer a vontade, eu deveria largar os pudins no chão e sair correndo para fechar a porta, ou quem sabe segurar os pudins com a mão direita, abrir o forno com a esquerda e fechar a porta com os pés, não é?

*("Bum!" – os dois estremecem.)*

JOSÉ – Maria, a porta...

MARIA – Vai fechá-la, preguiçoso! Levanta-te e fecha a porta!

JOSÉ *(digno)* – Eu não me levanto coisa nenhuma. E nem fecho a porta. Quem vai fechar a porta és tu, minha cara esposa! Abrir e fechar portas é serviço de mulher!

MARIA – Ah, serviço de mulher, não é? E fumar cachimbo e balançar-se na cadeira é serviço de homem, não é? Pois eu acho que fazer pudins de creme e chocolate para tão amável marido é serviço mais que suficiente para a mulher e eu não vou fechar a porta!

JOSÉ – Vais fechar a porta!

MARIA – Não vou não!

JOSÉ – Vais sim!

MARIA – Não vou!

*(Pausa.)*

JOSÉ – Esta porta tem que ser fechada. Sim ou não?!

Maria – Sim. Mas não será fechada por mim!

José – Nem por mim tampouco.

Maria – Pois então a porta ficará aberta.

José – Muito bem. A porta ficará aberta, e ficará batendo assim a noite inteira. Ninguém vai dormir esta noite!

Maria – Sim. *(dramática)* – E depois vai começar a chover, e a nevar, e um de nós vai apanhar uma pneumonia e morrer.

José – Os dois vamos apanhar uma pneumonia e morrer. Acho bom tu ires fechar a porta.

Maria – Quem quer vai, quem não quer manda. Vai tu fechar a porta.

José – Eu, nunca. É abaixo da minha dignidade de homem e de marido ceder ao capricho de uma mulher teimosa.

Maria – Pois fica tu com a tua dignidade, que eu fico com a minha.

José – E a porta fica aberta?

Maria – Não sei. Pode ser que fique aberta, pode ser que não. O que eu sei é que, nem que ela fique aberta e batendo durante semanas, pela minha mão é que ela não será fechada.

José – Nem pela minha, muito menos!

*(Os dois cruzam os braços, com caras de turrões. Pausa. Trovão. Relâmpago. A porta bate pior do que antes. Os dois olham um para o outro.)*

José – Quer dizer que te recusas a fechar a porta?

Maria – Recuso-me.

*(Pausa grande, olhares mortíferos, caras engraçadas.)*

José – Estás gostando desta situação?

Maria – Não.

José – Tu vais fechar a porta, Maria?

Maria – Não. E tu vais fechar a porta, José?

José – Não *("bum!")* – Mas isto não pode ficar assim a noite inteira.

Maria – Tens alguma sugestão?

José – Tenho.

Maria – Qual?

José – Que tu vás fechar a porta. Mas podemos também fazer uma aposta.

Maria – Aposta? Que aposta?

José – Uma aposta... Por exemplo... Aquele que falar primeiro, terá que fechar a porta!

Maria *(que, neste tempo, já tirou os dois pudins do forno e pôs sobre a mesa)* – Quem falar primeiro e se levantar do lugar primeiro; tu que gostas tanto desta cadeira de balanço que até pareces estar grudado nela! Pois fica aí pregado na tua querida cadeira e de boca fechada até não aguentares mais! Aí, terás que fechar a porta.

José – Aguentar com a boca fechada será duro para ti, mulher faladeira, e não para mim!

Maria – É o que tu pensas!

José – É o que veremos! Então, aceitas a aposta?

Maria – Aceito. Aquele que falar ou sair do seu lugar primeiro, terá que fechar a porta!

*(Maria senta-se num tamborete na frente da cadeira de balanço, diante do fogo da lareira.)*

José – Estás pronta, mulher?

Maria – Estou. Podemos começar.

José – Então eu vou contar até três, dali em diante começa a aposta.

*(Os dois projetam os queixos para a frente com expressão típica de teimosos inveterados e calam-se. A porta bate. O vento uiva. Trovões e relâmpagos. Os dois se encolhem, com frio, nos seu lugares. O fogo da lareira vai diminuindo. Os olhos dos dois vão para a lenha amontoada do lado da*

lareira. O frio está bravo. O marido estende a mão para a lenha, mas não alcança. Se ele se erguesse da cadeira, poderia pegar a acha e jogar no fogo, mas a mulher está de olho aceso. Ele desiste. A porta continua a bater. Os olhos da mulher vão para a manta que está jogada sobre o outro banquinho, quase ao alcance de sua mão. Ela estende o braço, falta um pouquinho. Ela desiste. Os dois se encolhem e ficam tremendo, esfregando as mãos e soprando nelas, mas não cedem. Um sino ao longe bate oito horas. A luz baixa em resistência – passagem de tempo. Os dois cochilam. Entram no proscênio, pelo lado oposto ao da porta que bate, dois viajantes que chamaremos de Primeiro viajante e Segundo viajante, carregando cada um a sua trouxa e conversando, friorentos.)

Primeiro viajante – Frio danado, hein, companheiro?

Segundo viajante – Esta tempestade era só o que nos faltava... Atrasou a gente tanto que nem de madrugada conseguiremos chegar à estalagem.

Primeiro viajante – E eu estou com o estômago a dar horas!

Segundo viajante – Eu também estou com fome, sem falar na sede!

Primeiro viajante – Um vinhozinho agora viria a calhar, para esquentar a goela...

Segundo viajante *(percebe ao longe)* – Olha! Uma casa!

Primeiro viajante – É mesmo! E de luz acesa!

Segundo viajante – Vamos até lá, companheiro! Quem sabe a gente que mora ali nos dará pousada por esta noite!

Primeiro viajante – Ou pelo menos um pouco de comida!

*(Saem pelo outro lado do proscênio, enquanto os dois teimosos continuam na mesma posição, a porta de entrada batendo sempre.)*

Primeiro viajante – A porta está aberta...

Segundo viajante – Esquisito... Vamos bater?

Primeiro viajante – Mais do que ela já está batendo sozinha? Melhor chamar... Ó de casa!

*(Pausa. Os dois turrões olham para a porta, aflitos, depois um para o outro, mas nenhum dos dois cede. Os dois de*

fora batem palmas e, como ninguém responde, metem a cabeça no vão da porta e espiam.)

Primeiro viajante – Olha, os donos estão em casa!

Segundo viajante *(tirando o chapéu)* – Boa noite, senhora! Boa noite, patrão!

Primeiro viajante – Boa noite! *(pausa)* – Eles não respondem... Gente esquisita... – Gostaríamos de entrar um pouco para nos aquecer... Podemos?

Segundo viajante – Somos viajantes... Vamos para Lisboa... A tempestade nos atrasou e não conseguimos chegar à estalagem em tempo... Podemos entrar?

Primeiro viajante *(após pausa, dá de ombros)* – Quem cala, consente! Vamos entrar.

*(Entram os dois, param e esperam. Os dois turrões calados.)*

Segundo viajante – A patroa nos desculpe... mas é que a noite está fria... estamos muito cansados... vosmecês não se incomodam se descansarmos um pouco aqui?

Primeiro viajante – Para falar a verdade, se fosse possível, passaríamos a noite aqui. Que diz, senhora?

Segundo viajante – O patrão também não diz nada?

Primeiro viajante *(para segundo)* – Será que eles são mudos?

Segundo viajante – A mim me parecem mais surdos... Ou bobos... Mas já que eles não falam nada, vamos nos acomodando... *(cheira o ar)* – Estou sentindo um cheiro... Um perfume agradável!

Primeiro viajante *(aponta para a mesa)* – São pudins... *(corre para a mesa)* – Um de creme e outro de chocolate!

Segundo viajante – Pudins! *(põe a mão no estômago)* – Oh, como ronca a minha barriga! Senhora, será que poderíamos provar um pedacinho do seu pudim? *(pausa)*

Primeiro viajante – Quem cala, consente...

*(Os dois teimosos lançam olhares furibundos etc., mas não se mexem do lugar nem dizem nada. Os dois visitantes começam a comer um pouco timidamente, olhando para os dois e cochichando entre si.)*

Primeiro viajante — Que gente esquisita... Acho que são malucos...

Segundo viajante — Eles estão com cara de poucos amigos, mas não dizem nada nem saem do lugar...

Primeiro viajante — Então vamos aproveitando... a porta está aberta, se alguma coisa acontecer, sempre teremos tempo de escapulir!

Segundo viajante — Este pudim está bom!

Primeiro viajante — Este aqui também!

Segundo viajante — Vamos trocar!

Primeiro viajante — Vamos.

*(Trocam de pudim, vão comendo. Os dois teimosos olham para o desastre com olhos compridos, mas depois se entreolham enfezados e voltam à teima. Os dois visitantes acabam de limpar os pratos dos pudins e refestelam-se nas cadeiras onde já estão sentados, muito à vontade.)*

Primeiro viajante – Estava bom, hein? *(bate com a mão na barriga)*

Segundo viajante – Se estava. Na estalagem jamais nos dariam uma coisa assim!

*(José está que é uma carranca só. Pelo rosto de Maria descem lágrimas de desgosto pela perda dos pudins. Mas não falam.)*

Primeiro viajante – Agora um vinhozinho para molhar a garganta não viria mal!

Segundo viajante – Viria até muito bem. Viria a calhar.

Primeiro viajante – Onde será que esses malucos guardam as bebidas?

Segundo viajante – É caso de perguntar-lhes. Senhora, onde guarda as bebidas? Não quer dizer. Não faz mal... Nós não temos preguiça de procurar...

*(Os dois começam a procurar e acabam descobrindo um garrafão de vinho, daqueles grandes, o qual, entre exclamações de "mas que beleza!", "melhor que a encomen-*

*da!" etc., trazem à mesa com duas canecas alentadas. José, quando vê isso, quase estoura de raiva, mas não diz nada. Os dois visitantes, agora totalmente cínicos, põem--se a beber calmamente.)*

Primeiro viajante – A que vamos beber?

Segundo viajante – O nosso primeiro brinde tem que ser, naturalmente, à saúde da boa gente que tão generosamente nos acolhe!

Primeiro viajante – À saúde do patrão e da patroa, boa gente que são! *(bebem)*

Segundo viajante – Hum! Isso esquenta até a alma!

Primeiro viajante – Se esquenta... Até o sangue da gente corre mais depressa!

Segundo viajante – E a que vamos beber agora?

Primeiro viajante – Vamos brindar à boa fortuna que nos trouxe até esta casa hospitaleira, de porta aberta e de gente que não fala demais!

Segundo viajante – À nossa fortuna!

*(Bebem, soltam exclamações etc. Os dois teimosos estão muito infelizes, mas continuam teimando. O sino bate meia-noite. Os dois visitantes entornam a garrafa. O vinho acabou. Os dois já estão bem "tocados" e já falam atrapalhado, entre soluços de bêbados.)*

Primeiro viajante – Parece que secou a fonte...

Segundo viajante – É... Acabou-se o que era doce...

Primeiro viajante – Que pena!... E agora?

Segundo viajante – Agora podemos cantar um pouco...

Primeiro viajante – Boa ideia! Vamos cantar para os nossos generosos hospedeiros! Atenção! Um, dois, três!

*(Começam a cantar o mesmo "Meninas, vamos ao vira", mas bem bêbados e abraçados, esticando as notas, dando risadas. As duas vítimas assistem, infelicíssimas, mas não dizem nada. Os dois bêbados saem da mesa e, abraçados, cambaleando, andam pela casa.)*

Primeiro viajante *(tirando o cachimbo da boca do José)* – Dá licença... bonito cachimbo! Pena que esteja apagado! Vou acendê-lo... *(vira-se para a lareira)* – Ora bolas, o fogo também está apagado! Vou acendê-lo... *(vira-se para a lareira)*

*(José, furibundo, bufando, mas não diz nada.)*

Primeiro viajante *(pegando o cachimbo e jogando-o para um canto)* – De que me serve um cachimbo apagado, não é mesmo, patrão? *(José faz uma cara muito feia para ele)* – Que cara é esta? Pensa que me mete medo com esta carranca? Acho que não vou muito com esta cara, não... É, companheiro, não achas essa cara um pouco feia?

Segundo viajante – Acho um pouco feia, sim... Até bastante feia... Por que será que ele é feio assim, coitado?

Primeiro viajante – Não sei... talvez seja a barba... É isso! Deve ser a barba!

Segundo viajante – Deve ser a barba, sim...

Primeiro viajante – Ele não fica bem de barba... Que tal se a gente fizer um favor ao nosso anfitrião?

Segundo viajante – Um favor?

Primeiro viajante – Sim... Poderíamos fazer um tratamento de beleza nele... em troca da hospitalidade!

Segundo viajante – Boa ideia! Vamos livrar o coitado desta barba tão feia!

Primeiro viajante – Ó patroa, tem uma tesoura aí em algum lugar?

Segundo viajante – Olha... Já vi... Ali na caixa de costura...

*(Segundo viajante vai e tira a tesoura. Os dois se encaminham para José, que se defende como pode, sacode a cabeça e quer afastá-los com as mãos.)*

Primeiro viajante – Fica quietinho, homem! Não vai doer nada!

Segundo viajante – Vou segurar-lhe as mãos, senão ele pode se machucar na ponta da tesoura...

Primeiro viajante *(com as mãos bambas, a tesoura ameaçando os olhos de José)* – Fica quieto, barbudi... É melhor ficares bem quieto... porque a minha mão já não está muito firme...

*(José, em face do perigo, resolve ficar quieto mesmo. E o hóspede corta-lhe a barba, tudo torto, deixando-o com uma cara ridícula e desapontada. O outro afasta-se e examina a obra com cara de artista.)*

PRIMEIRO VIAJANTE – Nada mal... melhorou muito, não achas?

*(A mulher, diante da cara ridícula do marido, fica com vontade de rir, prende o riso, mas mantém a expressão alegre. José fica mais furioso ainda, e os bêbados reparam na expressão de Maria.)*

PRIMEIRO VIAJANTE – Olha a patroa! Ela está rindo! Ela sabe rir!

SEGUNDO VIAJANTE – Não fala, mas ri!

PRIMEIRO VIAJANTE – E ri até bonitinho!

SEGUNDO VIAJANTE – Que mulher extraordinária... uma mulher calada!

Primeiro viajante – É... Mulher que não fala pelos cotovelos é novidade...

Segundo viajante – Sabes de uma coisa, companheiro? Estou gostando da nossa patroa.

Primeiro viajante – É?

Segundo viajante – E sabes de outra coisa, companheiro? Estou com vontade de dar-lhe um beijinho.

*(As caras de José e Maria são bem expressivas.)*

Primeiro viajante – Estás? Pois, então, o que esperas? Não deixes para amanhã o que podes fazer hoje! Anda! Dá um beijinho na nossa patroa... depois eu também vou dar um beijinho nela...

*(Maria vira o rosto, defendendo-se como pode, e, quando o bêbado vai dar-lhe o beijo, diante dos olhares melados do outro, José não aguenta, pula da cadeira e, dum salto, atira-se sobre o hóspede com um urro.)*

José *(agarrando o bêbado na hora H pela gola do casaco)* – Ah, vagabundo! Queres beijar a minha mulher, não é?

Já te mostrarei com quantos paus se faz uma canoa! Pois toma pelo pudim branco! *(derruba-o com um tranco)* – E tu, pelo pudim preto! *(pontapé nos fundilhos do outro. Levanta os dois do chão e bate a cabeça de um na do outro)* – E isto pela minha mulher, e agora rua! *(atira-os pela porta e volta-se para a mulher, que assistiu a tudo sem se levantar e sem falar)* – Viste, Maria! A ti ninguém insulta na minha frente! Que achas do teu maridinho?

Maria *(calmamente)* – Acho que o meu maridinho perdeu uma aposta! Falaste primeiro, José, e saíste do teu lugar! *(triunfante)* – Vai pôr a tranca na porta!

*(José, aborrecido, vai e põe a tranca na porta com ares de condenado. O sino bate uma hora.)*

FIM

# AS ORELHAS DO REI

Inspirada em Nathaniel Hawthorne[4]

Personagens

NÍSIAS

*(um escravo idoso)*

MIDAS

*(rei da Frígia, 40 anos)*

ÁUREA

*(a princesa, filha de Midas, 12 anos)*

DIONISOS

*(o deus, jovem e belo, a "estátua")*

DOIS ESCRAVOS, QUE CARREGAM A HARPA

UM MÚSICO, COM LIRA

TRÊS ESCRAVAS, QUE DANÇAM

---

[4] Nathaniel Hawthorne (1804-1864) foi um escritor norte-americano, considerado, por muitos, o maior contista de seu país.

*(Cenário – é duplo. O palco está dividido em duas partes, uma maior, representando o pátio interno do palácio, com a estátua de Dionisos, com o nome no pedestal, um trono, vasos, ânforas, coisas bonitas. Este cenário, se possível, deve ficar sobre um praticável, para que o segundo, menor, fique um ou dois degraus abaixo. O segundo representa o "subsolo", com objetos de ouro por toda parte e grande arca cheia de objetos de ouro. Uma porta com trave no subsolo. Pode ser de verdade ou "faz de conta".)*

*(Local e época: na Frígia, um reino da Grécia antiga. Entra o escravo Nísias, diante do pano.)*

NÍSIAS – Eu sou Nísias, escravo do rei Midas, da Frígia. Vou contar-lhes um caso extraordinário que eu, Nísias, vi com meus próprios olhos. O rei Midas era um rei muito rico e poderoso. Na sua mocidade, Midas estudou e chegou a ser muito sábio, mas, quando subiu ao trono, ele ficou ambicioso e não havia riqueza que o satisfizesse. Com o tempo, ele foi ficando cada vez mais rico e, quanto mais rico ficava, mais riquezas desejava. A tal ponto chegou o rei Midas que antigamente amara a natureza, as flores e a poesia, agora só gostava de ouro. Queria ouro e mais ouro, e o único sentimento humano que ainda conservava era por sua filha, uma linda menina, à qual, ainda por amor ao ouro, mas também por lhe ser muito preciosa, dera o nome de Áurea, que significa "de ouro". Todos os dias, Midas costumava descer ao subsolo, onde guardava suas riquezas... Foi assim.

*(Abre o pano no grande cenário; o trono de Midas sobre degraus, com dossel em cima. Vasos, ânforas, coisas bonitas, uma estátua de Dionisos com o nome no pedestal, o escravo Nísias atrás do trono, à direita, em atitude solícita.)*

MIDAS – Estou preocupado, Nísias... Os meus navios já deviam ter voltado... Estão carregados de ouro e, se forem alcançados por uma tempestade... Nem quero pensar!

NÍSIAS – Não deves preocupar-te, rei Midas! O grande Zeus tem estado de bom humor e há semanas que não lança seus raios e trovões sobre a terra de Frígia.

MIDAS – É verdade, Nísias... Mas meu coração está aflito... Temo pelos meus tesouros!

NÍSIAS – Não temas, ó rei... Olha o pôr do sol... O carro de Apolo já está sumindo atrás do horizonte e o céu está límpido... não há ameaça de tempestade... Os teus navios chegarão, rei Midas!

MIDAS *(olhando para o poente)* – Sim... o poente está límpido... dourado... *(caindo na mania)* – Dourado... Imagina, Nísias, se todo o céu fosse feito de ouro! E se fosse todo meu! Todo de ouro, e meu!

NÍSIAS – Não terias onde guardar tanto ouro, rei Midas...

MIDAS – Achas? Não sei... Se eu pudesse, me cercaria de ouro... as paredes de meu palácio seriam de ouro maciço! Um dia ainda conseguirei...

NÍSIAS – Se os deuses assim o permitirem...

MIDAS – Os deuses! É verdade. *(levanta-se e vai até a estátua)* – Preciso oferecer mais um sacrifício a Dionisos, a fim de que interceda junto ao grande Zeus, seu pai, para que proteja meus navios! Nísias, traze incenso! *(Nísias sai)* – Após o sacrifício, irei visitar o meu tesouro! *(vai sentar-se, quando entra Áurea com uma orquídea na mão)*

ÁUREA – Pai! Pai! Olha o que eu trouxe para ti!

Midas *(sorrindo)* – Ah, minha filha... Que novidades me trazes, Áurea?

Áurea – Olha, pai! Ela desabrochou!

Midas – De que estás falando, filha?

Áurea *(mostrando a flor)* – A planta exótica que veio dos países quentes deu flor, pai! No meu canteiro! Olha que linda ela é! Trouxe-a para ti!

Midas *(sorrindo, benevolente)* – Toda essa excitação por causa de uma flor, minha filha?

Áurea *(desapontada)* – Ah, paizinho! Tu gostavas tanto de flores... e eu trouxe-a para ti... *(faz beicinho)*

Midas – Ora, ora... Não fiques tão ofendida... Eu estou muito grato, muito comovido, por me teres trazido esta flor... Deixa-me ver... É muito bonita... com efeito... imagina como seria ainda mais bonita se fosse de ouro?

Áurea – De ouro, pai? Uma flor de ouro? Que horror! Uma flor de ouro seria dura, fria e sem vida, sem perfume!

Midas – Mas teria peso e valor! *(pausa. Compreendendo a gafe, tenta consertá-la)* – E não murcharia nunca!

Áurea – Pois eu prefiro que ela murche. Quando chegar seu tempo! Mas que, antes de murchar, seja viva e perfumada! Acho que não gostaste do meu presente, pai!

Midas – Gostei, gostei, minha filha... Não fiques assim... Vem, dá-me um abraço... e vamos pôr essa flor aí no vaso... Podes pô-la tu mesma, Áurea!

*(Áurea põe a flor num vasinho de ouro.)*

Áurea – Olha como está linda!

Nísias *(entrando)* – Aqui está o incenso, ó rei!

Áurea – Incenso? Vais oferecer um sacrifício, pai? A quem?

Midas – Ao deus Dionisos, para que interceda junto a Zeus, seu pai, para proteger os meus navios carregados de ouro!

Áurea *(amuada)* – Ouro, ouro... já ofereceste sacrifício hoje, pai... e eu que tinha uma surpresa para ti...

MIDAS – A surpresa não pode ficar para amanhã, Áurea? Preciso oferecer o sacrifício agora e depois descer ao subsolo para ver o meu tesouro...

ÁUREA – Todos os dias te trancas naquele porão por horas a fio, pai... Será que o tesouro não pode esperar um pouco? Eu preparei tudo, e depois vai ficar tarde. Eu queria que viesses hoje mesmo! Pai?

MIDAS *(hesita)* – Bem... eu... *(olha para o céu)* – Parece que o tempo está firme... *(decide)* – Nísias... oferece tu o sacrifício em meu nome... Queima o dobro de incenso... Eu verei a tua surpresa, minha filha... E depois descerei ao subsolo.

*(Nísias vai queimar o incenso diante da estátua, com gestos rituais.)*

ÁUREA – Ah, que bom, meu pai!

MIDAS – Então, depressa, minha filha... Que surpresa é essa que me preparaste? *(senta-se no trono)*

ÁUREA – Tu já vais ver, pai... É uma coisa linda!

*(Áurea bate palmas e entram dois escravos carregando uma harpa, que colocam no lugar próprio. Ela senta-se, ou fica em pé, ao lado de Midas. Entra o músico com a lira, cumprimenta e se acomoda. Depois entram três escravinhas, Áurea dá sinal, o harpista começa a tocar e as meninas dançam, terminando com uma delas oferecendo a cesta de uvas ao rei, que sorri e pega um cacho. Áurea dispensa músico e escravas com um gesto e eles saem, recuando.)*

Áurea – Não foi lindo, pai? Esta dança foi em tua homenagem! Gostaste?

Midas – Gostei, sim, minha filha, foi muito bonito!

Áurea – E as uvas são de minha videira, pai, prova!

Midas *(mastigando uma uva)* – Muito gostosa... Saborosa... Uva melhor do que esta, só se fosse de ouro maciço!

Áurea – Uva de ouro não teria gosto de nada! Meu pai parece só pensar em ouro! Parece que não gosta de mais nada no mundo!

Midas – Como não? Gosto da minha Áurea... Minha menina de ouro, que um dia será a princesa mais rica do mundo! *(Áurea faz um muxoxo)* – Não te importas agora, mas um dia compreenderás melhor... E agora corre, Áurea... Vai brincar... Eu tenho que descer ao subsolo... *(Midas beija-a na testa e ela sai. Ele volta--se para Nísias, que está ajoelhado queimando incenso e fazendo fumacinha diante da estátua de Dionisos)* – Ofereceste o sacrifício, Nísias?

NÍSIAS – Sim, meu senhor...

MIDAS *(afastando o escravo, faz uma inclinação diante do deus)* Ofereço-te este incenso, ó Dionisos... Roga por mim a teu pai, o grande Zeus, para que proteja os meus navios e não se perca sua preciosa carga de ouro!

*(Midas volta-se e passa para o cenário do subsolo, para onde desce por alguns degraus. Enquanto se apaga a luz do cenário do trono, fecha a porta de trave atrás de si e se encaminha para a grande arca cheia de moedas, joias e objetos de ouro até a boca. Termina a cena com Midas se deleitando a manusear e a contemplar os objetos de ouro da arca. Escurecimento rápido. Pode-se aqui encaixar música, ou uma "dança do tesouro". Volta a cena no mesmo ponto, um foco de luz em Midas, de olhos acesos, manuseando os seus tesouros, fazendo cálculos mentais etc. Ele suspira.)*

Midas – Ah... Peça aos deuses que os meus navios cheguem bem... pois ainda é pouco o ouro que tenho aqui...

*(Nisso, cai uma sombra sobre a arca. Midas tem um sobressalto, levanta os olhos e vê, dentro do "subsolo", como quem entrou atravessando a parede de pedra, Dionisos, a estátua animada, que para diante dele e olha-o com um sorriso estranho. Midas levanta-se, recua, encosta-se à parede, assustado. Dionisos continua a olhar para ele em silêncio. Afinal, Midas recupera a fala, gaguejante.)*

Midas – Tu... tu és... és...

Dionisos – Sim, Midas! Sou Dionisos, filho de Zeus.

*(Midas olha para a porta trancada, Dionisos sorri.)*

Dionisos – Olhas para a porta, Midas? Um deus não precisa de portas para entrar!

Midas *(atirando-se aos pés de Dionisos)* – É grande honra para um mortal a tua visita, Dionisos! Em que pode servir-te este teu servo?

Dionisos – Levanta-te, Midas. Vim fazer-te uma visita, pois há muito tempo que lá fora, no jardim, ouço-te falar do teu subsolo... Fiquei curioso, os deuses também são curiosos e vim ver o que tens aí... *(olha em volta)* – E vejo que és um homem rico, Midas. Não creio que outras quatro paredes de uma casa de mortal contenham tanto ouro como este subterrâneo!

Midas – Bem... Devo confessar que não estou mal. Mas, por outro lado, Dionisos, verás que o que possuo não passa de uma bagatela, se considerares que levei a minha vida inteira acumulando isto... Se eu pudesse viver mil anos, aí sim, eu teria tempo para ficar rico de verdade!

Dionisos – O que dizes, Midas? Então, não estás satisfeito com toda esta riqueza?

Midas – Não posso mentir a ti, que és um deus, Dionisos. Não, não estou satisfeito. Na verdade, estou muito longe de estar satisfeito. Muito, muito longe!

Dionisos – Com que então é assim... E poderás acaso dizer-me, amigo Midas, qual é a coisa com que ficarás satisfeito?

Midas *(como sonhando)* – Ah, Dionisos... O meu ideal seria

que tudo que eu tocasse com as mãos se transformasse em ouro!

Dionisos *(após uma pequena pausa, com sorriso esperto)* – Então é isso o que desejas, Midas? O toque de ouro?

Midas – Sim... sim, o toque de ouro!

Dionisos – E tens certeza, rei Midas, que a posse deste dom, o toque de ouro, te faria realmente feliz?

Midas *(pressentindo o que virá, já excitado)* – Sim, sim! Feliz!

Dionisos *(insistindo)* – Pensa bem, Midas... Tens certeza absoluta de que é isto o que mais desejas?

Midas – Sim, Dionisos, sim, sim! O toque de ouro é a única coisa no mundo que me fará inteiramente feliz!

Dionisos *(sério)* – Muito bem, rei Midas. Se é de fato isto o que desejas, teu desejo será realizado. De manhã, assim que o carro de Apolo, o Sol, surgir no céu, terás o que tanto desejas: o dom do toque de ouro!

*(Midas, boquiaberto e mudo, vê Dionisos desaparecer como apareceu, e fica a olhar a parede vazia. Depois volta a si.)*

MIDAS – O toque de ouro! Eu terei o toque de ouro! Os deuses me ouviram! Oh, como poderei esperar o amanhecer?

*(Midas sai correndo do subterrâneo pela coxia. Apaga-se a luz no subsolo, acende-se no pátio. Pausa. Midas sai para o pátio excitado, sozinho. Olha para o céu. E assim que a luz aumenta, ele fala.)*

MIDAS – O Sol nasceu... Agora, verei se é verdade... *(lembra-se de que o deus está presente, e lança uma olhadela, temeroso, para a estátua impassível)* – Agora... Agora... A primeira coisa... *(olha em volta, e seu olhar cai sobre a flor)* – A flor! *(vai até a flor)* – A flor! *(mais um instante, ele toma fôlego e toca na flor. A flor, e mais o vaso, que era de barro, transformam-se em ouro – pode haver aqui a "dança do toque de ouro". A alegria de Midas não tem limites. Ele ri alto, às gargalhadas. Toca num outro vaso, num objeto qualquer, ri, ri, chega a dar alguns pulos, mas se contém e se compõe, pois vê a cara espantada de Nísias, que entrou e olha. Midas senta-se na sua cadeira, ofegante)*

Nísias – Meu rei e Senhor... Ordenas alguma coisa? Pareces cansado, rei!

Midas – Sim, estou cansado... Cansado de alegria, de felicidade, Nísias! Estou rico! Sou o rei mais rico do mundo! Tenho o dom do toque de ouro!

Nísias – O toque de ouro!

Midas – Sim! Dionisos ouviu minhas preces! Dionisos concedeu-me o maior desejo! Traze incenso, Nísias, muito incenso! Quero agradecer ao deus Dionisos sua bondade para comigo!

Nísias – Sim, meu senhor!

*(Nísias sai. Midas desce da cadeira e vai até a estátua em passos lentos e solenes e fica diante dela um instante, o tempo de o escravo voltar com uma tocha e um incenso na mão.)*

Nísias – Aqui está o incenso, meu senhor!

Midas – Acende-o, Nísias...

*(Nísias pega a tocha e acende o incenso. Midas se prostra diante do deus, enquanto o escravo fica olhando.)*

MIDAS – Obrigado, grande Dionisos! Obrigado por me teres concedido o mais precioso dos teus dons! *(levanta-se e vai sentar, com um suspiro)* – Ah... como estou feliz! Até fiquei com fome! Vai, Nísias... Traze-me um cacho daquelas uvas saborosas! *(recosta-se, enquanto o escravo sai e logo volta com a cesta de uvas. Midas estende a mão, toca as uvas e... no seu rosto a expressão de felicidade e satisfação se apaga para dar lugar ao susto e desapontamento, ao medo. Também o escravo arregala os olhos. O cacho de uvas endureceu, virou ouro!)* – As uvas... ouro... *(a significação disto penetra-lhe na mente. A sua voz já treme quando diz)* – Nísias... água... traze-me água... depressa!

*(Nísias sai correndo, volta com uma taça de cristal e jarra com água, enche a taça e passa para Midas, já tomando cuidado ele mesmo para não tocar no rei. Midas estende a mão trêmula, pega a taça e a taça transforma-se em ouro, cheia até a boca de ouro. Horror! O rosto do rei é uma máscara trágica. Nísias está horrorizado. Pausa.)*

NÍSIAS *(afastando-se prudentemente)* – Meu senhor...

Midas *(sua voz mudou)* – É o fim, Nísias! É o meu fim!

Nísias – Oh, meu senhor... eu... os deuses...

Midas – Os deuses! Oh, que trágica pilhéria fizeram comigo os deuses! O dom mais precioso, o dom que eu mais almejava na minha vida, será a minha morte! Não poderei mais comer, nem beber... *(ironia triste)* – Por quanto tempo terei ainda a "felicidade" de transformar em ouro tudo o que toco? Dois dias? Três? *(para a estátua)* – Oh, Dionisos! Que duro castigo me impuseste!

*(Midas esconde o rosto nas mãos. Nísias abaixa a cabeça também. Nisso, na pontinha dos pés, com outra flor na mão, entra Áurea, como quem vem com outra surpresa. Olha para o pai, contente porque ele não a vê, e vai direto ao vaso; quando vê que a sua flor ficou dura, de ouro, o contentamento desaparece de seu rostinho. Ela pega a flor, desapontada, e solta uma exclamação.)*

Áurea – Oh, meu pai! A minha flor! A minha flor está morta!

*(Midas tira as mãos do rosto e olha para a filha, meio tonto. Só se lembra do perigo quando a menina se aproxima, falando.)*

ÁUREA – Olha, meu pai, o que aconteceu à minha pobre flor! Ficou dura, rígida, sem vida! Como foi que... *(repara na expressão dernorteada do pai)* – Pai... paizinho... o que foi que aconteceu? Por que me olhas assim... *(deixa a flor cair no chão, assustada)* – Paizinho! Estás doente?

*(Áurea faz menção de correr para ele, abraçá-lo, mas aí Midas recupera a voz e grita, forte e duro.)*

MIDAS – Não te aproximes! Não me toques!

ÁUREA *(assustadíssima)* – Meu pai!!!

*(Áurea faz outro gesto de aproximação. Midas grita.)*

MIDAS – Nísias! Segura-a! Leva-a embora, não deixes que ela me toque!

*(Nísias, sabendo do que se trata, segura a menina, espantada.)*

ÁUREA *(debatendo-se)* – Meu pai! Meu pai! O que foi que aconteceu? Não me amas mais, meu pai?

Midas *(sempre apavorado)* – Não deixes que ela me toque! Não deixes que ela me toque!

Nísias *(segurando a menina)* – Princesa... Vosso pai não permite... É perigoso...

Áurea *(parando de se debater, já com plano de escapar)* – Perigoso? Meu pai está doente? Pobre pai... *(com um meneio, escapa das mãos de Nísias, gritando)* – Não existe perigo que me impeça de abraçar meu pai!

*(Antes que alguém possa fazer qualquer coisa, Áurea corre para Midas, atira-se sobre ele, que a empurra. Áurea recua cambaleante, escondendo o rosto com as mãos e... as luzes se apagam por um momento, se acendem de novo... e aparece a menina transformada em estátua de ouro. Consternação do escravo. Midas, fazendo tragédia grega em grande estilo, anda de um lado para outro, bate no peito, torce as mãos.)*

Midas – Minha filha, minha pobre filha! Oh, que desgraça, ai de mim, ai de mim! *(geme, arranca os cabelos e, finalmente, atira-se de joelhos diante da estátua)*

Midas – Oh, Dionisos! Grande deus... Perdoa o teu indigno escravo Midas... tem compaixão, não por mim, que sou um velho tolo, estúpido e ganancioso, que merece morrer como castigo pela sua vaidade e cegueira... mas tem compaixão de uma pobre criança inocente! Tira a minha vida, Dionisos, mas devolve a vida à minha pobre filha, que não tem culpa da estupidez de seu pai!

*(Midas cai no chão, chorando. Nísias, consternado, está no fundo, observando a cena. Pausa. Música de Dionisos. A estátua se anima diante de todos, move-se, estende um braço e fala.)*

DIONISOS – Ergue-te, Midas!

*(Midas levanta a cabeça lentamente, vê o deus animado e se põe em pé dum salto.)*

MIDAS – Dionisos! Dionisos, devolve a vida à minha filha! Mata-me imediatamente, fulmina-me aqui mesmo neste lugar, mas salva Áurea, que não tem culpa de nada!

DIONISOS – Então, Midas... Não estás satisfeito com o dom que te dei? Não era o toque de ouro o que mais desejavas na vida? Não és um homem feliz?

Midas *(abaixando a cabeça)* – Sou o homem mais desgraçado na face da terra! Quisera já estar morto!

Dionisos – Então, não é o ouro o bem mais precioso da vida?

Midas – O ouro não vale nada... eu perdi o único bem precioso que tinha na vida... a minha filha!

Dionisos – Ah... Parece que fizeste um descobrimento... Responde-me agora, Midas... o que preferes: o toque de ouro ou um gole de água pura?

Midas – A água, grande deus! Uma só gota de água vale mais que todo o ouro do mundo!

Dionisos – O toque de ouro, Midas... Ou um pedaço de pão?

Midas – O pão! O pão! Uma casca de pão que seja!

Dionisos – O toque de ouro, Midas, ou a tua filha?

Midas *(chorando)* – Oh, minha filha, minha filhinha adorada. *(torce as mãos)* – Eu morreria agora, neste momento, morreria contente, se pudesse por um instante só ver o seu rosto alegre, as covinhas de suas faces! *(cai novamente de joelhos)* – Oh, grande Dionisos! Tem compaixão! Salva a minha filha!

DIONISOS – Vejo que ficaste mais sábio agora do que eras antes, Midas. Não desejas mais possuir o toque de ouro?

MIDAS – Não, não! Tira-me este dom odioso, Dionisos! Salva minha filha!

DIONISOS – Está bem, Midas; já sofreste bastante. Te livrarei agora do teu "dom precioso". Tu... *(para Nísias)*... traze-me aquela jarra de água.

*(Nísias corre com a jarra de água, Dionisos toca-a de leve com a mão, depois molha os dedos e asperge Midas.)*

DIONISOS – Estás livre do toque de ouro, Midas! Pega esta jarra, Midas. Tudo o que tiver sido transformado em ouro, aspergido com esta água, voltará ao natural!

*(Midas agarra a jarra.)*

MIDAS – Obrigado, Dionisos! Oh, obrigado! Não esquecerei a lição que me deste!

Dionisos *(com o seu sorriso irônico)* – Não? Os mortais esquecem facilmente... Não esquecerás porque te deixarei uma lembrança... *(estende a mão)* – Como castigo de tua burrice, e como lembrança da lição que recebeste, rei Midas, hoje, ao pôr do sol, te nascerão orelhas de burro, que te acompanharão até o fim dos teus dias...

*(Dionisos volta à posição de estátua e "congela-se". Midas fica um instante olhando, Nísias também, depois "acorda" e olha para a jarra que lhe treme nas mãos.)*

Midas – A água... será que... *(olha para o chão e vê a flor de ouro)* – A flor... a flor... *(hesitante, trêmulo, salpica a flor e...)* – Oh, alegria, a flor revive! *(apanha a flor, radiante, beija-a, balbucia)* – Minha filha... minha filha querida... Minha filhinha...

*(Midas corre para a estátua de ouro, joga água nela, espera ansioso – escurecimento, luz – a menina revive também e, sem entender nada, ri.)*

Áurea – O que é isto, meu pai? Jogando água na minha túnica nova?

Midas *(radiante, depõe a jarra)* – Oh, Áurea, minha filha querida! Meu bem mais precioso!

*(Midas abre os braços, a menina cai neles, música feliz, o escravo sorri. O pano vai fechando lentamente e, assim que fecha, Nísias aparece diante do pano fechado, olha para os lados, faz sinal de "segredo" com o dedo nos lábios e fala para o público, em tom conspiratório.)*

Nísias – Vocês sabem de um segredo? O rei Midas... O rei Midas tem orelhas de burro!

*(Nísias ri e faz gesto de despedida, e assim que começam os aplausos o pano se abre e os atores agradecem – sendo que o rei Midas, de fato, está com orelhas de burro, que ele procura esconder com a mão, encabulado, mas feliz.)*

*(Observação – A "transformação" dos objetos em ouro pode ser feita pintando-os de ouro de um lado só, e voltando este lado para o público, disfarçadamente na hora certa.)*

## FIM

# Muitas luas

Inspirada num conto de James Thurber[5]

## Personagens

BOBO

(artista a serviço do rei. Alegre, espirituoso, inteligente. Toca uma flautinha ou gaita)

PRINCESA

(menina de uns dez anos, boa, bonita e mimada)

REI

(o pai da princesa, de humor variável, que adora a filha)

MINISTRO

(um senhor solene e afetado)

MÉDICO

(barbudinho e um pouco nervoso)

---

[5] James Grover Thurber (1894-1961) foi um cartunista e escritor norte-americano, conhecido especialmente por suas contribuições à revista The New Yorker.

Astrônomo

   *(imponente e convencido)*

Aia

   *(babá da princesa, meio afobada)*

Ourives

   *(um velhinho simpático)*

**(Cenário** – *É duplo, dividido por um tabique ou biombo. De um lado, a sala do trono do rei, do outro, a alcova da princesa, com cama de dossel. Os dois ambientes têm janelas ao fundo, através das quais se vê o céu e a Lua. Na frente da janela da princesa, há uma árvore frondosa. A ação se passa ora num ambiente, ora noutro. Durante a ação, o lado que não estiver funcionando ficará escurecido.)*

*(O bobo aparece diante do pano fechado, sobre o qual podem estar pregados alguns elementos, indicando uma rua antiga, e toca algumas notas alegres na sua flautinha, para chamar a atenção da plateia. Conseguindo o silêncio, ele se dirige ao público, com atitudes e gestos largos, meio de dança ou pantomima de Arlequim.)*

Bobo – Atenção, atenção, povo da praça! Eu sou o bobo do rei e estou aqui para lhes contar o caso mais extraordinário que aconteceu neste reino, que foi o caso da nossa bem-amada princesinha que... mas esperem só para ver como é que a coisa aconteceu.

*(Bobo faz um gesto e o pano se abre, mostrando o lado que representa a sala do trono, iluminado. O rei está sentado no trono, assinando com uma grande pena de ganso um pergaminho que o ministro segura diante dele. O ministro tem vários outros rolos de pergaminho debaixo do braço. O bobo entra em cena e fica fazendo caretas, imitando o rei e o ministro, voltado para o público.)*

Rei *(acaba de pôr o jamegão, suspira)* – Decretos e mais decretos. Já estou com a mão cansada de tanto assinar decretos. Faltam muitos, meu bom ministro?

Ministro *(cerimonioso)* – Decreto, não falta mais nenhum, Vossa Majestade. Só falta uma proclamação.

Rei – Proclamação, que proclamação?

Ministro – A proclamação procurando uma nova doceira para a nova confeitaria do palácio, Vossa Majestade.

REI *(ilumina-se)* – Ah, sim! A doceira nova para fazer sobremesas novas para a minha filha bem-amada!

BOBO *(que lambeu os beiços assim que se falou em doces, pula diante do rei)* – Uma doceira nova para Sua Alteza a princesa! Doces novos e bolos novos, novas tortas e pastéis, quitutes e guloseimas para Sua Alteza a princesinha: e novas migalhas deliciosas para a boca do bobo, que sou eu!

MINISTRO *(que enrolou o decreto e desenrolou a proclamação)* – Pronto, Vossa Majestade, só falta assinar esta proclamação.

REI *(lendo)* – Sua Majestade o rei... humhumhum... procura uma doceira ou doceiro exímio que tenha novas receitas de sobremesas... Para regiamente... humhumhum...

BOBO *(dançando diante do rei e lambendo os beiços)* – Assina, meu reizinho... assina depressa que a princesinha real não gosta de esperar...

REI *(sorrindo)* – Que é isso, meu bobo! Tu sabes muito bem que nunca fiz minha filha esperar por nada...

Bobo – Eu sei, eu sei, eu sei! O rei manda em todos nós, mas a princesa real manda no rei, hehehe!

Ministro *(escandalizado)* – Cala-te, bobo atrevido!

Bobo *(sempre com trejeitos e caretas, como arlequim)* – Eu não sou ministro, não preciso me calar, sou o bobo do rei, e o bobo pode falar o que o ministro não pode, hehehe! É a vantagem de ser bobo!

Rei *(sorrindo)* – É isso mesmo... mas não passes da conta, bobo! *(assina)* – Pronto, está assinada a proclamação, meu bom ministro.

Bobo – Pode ir andando, "meu bom ministro"!

*(O ministro levanta o nariz, enfezado, e sai pisando solene, após fazer uma vênia para o rei.)*

Ministro – Com licença, Vossa Majestade...

*(Ministro sai, e o bobo acompanha o ritmo dos passos dele, com sopradas na flauta ou na gaita.)*

Rei *(rindo)* – Ele caminha assim mesmo! Mas que tu

és mesmo atrevido, meu bobo, quanto a isso não há dúvida!

Bobo *(reverência exagerada)* – Vossa Majestade me confunde com tão honroso título! Posso usá-lo daqui por diante, Vossa Majestade?

Rei – Usar o quê?

Bobo – O novo título com que Vossa Majestade acaba de me agraciar!

Rei – Título? Que título, bobo?

Bobo – Atrevido!

Rei *(espantado)* – O quê? Tu me chamaste de atrevido?

Bobo – Não! Tu é que me chamaste de atrevido, Vossa Majestade! Este é o meu novo título: "Atrevido, o bobo do rei". Ou será que fica melhor "O bobo do rei, Atrevido"?

Rei – Tu és mesmo impossível, bobo!

Bobo *(nova reverência)* – Obrigado, Vossa Majestade.

Não há nada que eu aprecie mais do que... *(interrompe-se)* – Mas o que é isso?

*(Bobo pula para um lado para dar passagem à aia da princesa, que entra muito aflita, torcendo as mãos.)*

AIA – Vossa Majestade... Vossa Majestade...

REI *(sobressalto. Até fica em pé)* – O que foi, aia? Aconteceu alguma coisa à princesa?

AIA *(reverência)* – Não, Vossa Majestade... Não... Ainda não...

REI – O que quer dizer isso? Ainda não o quê?

AIA – Sua Alteza a princesa já comeu quatro sobremesas hoje depois do almoço e agora insiste em querer comer um bolo de creme!

REI *(senta-se de novo)* – É por isso que entras aqui como uma louca, me assustando dessa maneira? Se a princesa quer comer bolo de creme, dá-lhe bolo de creme!

BOBO *(para o público)* – Eu não disse que a princesa manda no rei? O rei não recusa nada a Sua Alteza a princesinha!

Aia – Mas, Vossa Majestade, um bolo de creme depois de quatro sobremesas! Não é demais?

Rei – Demais? Nada é demais para minha filha querida! Se ela quer comer bolo de creme, dá-lhe bolo de creme, e sem demora! Já e já! Anda, aia, já perdeste muito tempo!

Aia *(intimidada)* – Sim, Vossa Majestade... Já vou, Vossa Majestade... *(sai apressadamente)*

Bobo *(imitando-a)* – "Sim, Vossa Majestade... Já vou, Vossa Majestade..."

Rei – Que te parece isso, meu bobo? A minha filha quer comer um bolo de creme...

Bobo *(interrompe)* – Depois de quatro sobremesas...

Rei – Pois é, a tonta da aia acha demais... Que me dizes a isso, meu bobo?

Bobo *(encolhe os ombros)* – Eu digo sempre: "O que não mata engorda", Vossa Majestade.

Rei – O que queres dizer com isso, bobo?

Bobo – "O que não mata engorda" quer dizer exatamente, Vossa Majestade: o que não mata engorda. O que não faz mal pode fazer bem. E o que não faz bem pode fazer mal. E que um bolo de creme é bom, mas, quando é bolo de creme demais, pode ser mau.

Rei – Tu estás dizendo que só porque minha filha quis comer um bolo de creme...

Bobo – Depois de quatro sobremesas...

Rei – Um bolo de creme depois de quatro sobremesas... Queres dizer que isto poderia...

Aia *(entra desesperada, com as mãos na cabeça)* – Vossa Majestade... Vossa Majestade...

Rei *(volta-se)* – Tu outra vez, aia! O que é, agora? A princesa pediu uma torta de chocolate?

Aia – Não é isso, Vossa Majestade... É que Sua Alteza a princesinha comeu o bolo de creme...

Rei – E então? Não era isso o que ela queria?

Aia – Era, Vossa Majestade... Mas é que... ela nem pôde terminar de comer o bolo... porque... porque...

Rei – Por que o quê? Fala de uma vez, mulher!

Aia *(aflita, cerimoniosa)* – Vossa Majestade... Sua Alteza a princesa... A princesinha ficou doente, Vossa Majestade!

Rei – Doente? Minha filha, doente?

Bobo *(sério)* – O bom, em excesso, pode ser mau, Vossa Majestade.

Rei – Para com esta filosofia barata, bobo! A minha filha está doente! Leva-me a ela, aia! Depressa!

Aia – Sim, Vossa Majestade... A princesinha está nos seus aposentos... Está com muita febre... Eu já chamei o médico real, Vossa Majestade...

*(Rei e aia saem. Bobo fica, tocando flauta baixinho. Rei e aia passam para o cenário do quarto da princesa, com uma cama de dossel, importantíssima, com coroa e tudo, e a princesinha reclinada nas almofadas, de coroa naturalmente, e o médico, muito sério, examina-a.)*

Rei *(entrando)* – Minha filhinha... O que a minha filha tem, médico?

Médico – Se Vossa Alteza se dignasse a abrir vossa real boquinha e mostrar-me a vossa real linguinha...

Rei *(em resposta à carinha enjoada da filha)* – Abre a boca, minha filha. O médico real precisa examiná-la!

*(A princesa obedece, enjoadinha.)*

Médico – Se Vossa Alteza se dignasse a dizer aaahhh...

Princesa – Aaahhh...

*(Médico balança a cabeça.)*

Rei *(aflito)* – É grave?

Médico – Trata-se de uma forte indigestão, Vossa Majestade... *(toma o pulso da princesa)* – Com permissão de Vossa Alteza... *(fecha os olhos e conta)*

Rei – Então?

Médico – Sua Alteza está com muita febre, Vossa Majestade... Terá que permanecer no leito real durante vários dias. Farei uma prescrição... *(puxa um enorme pergaminho e começa a escrever com pena de ganso)* – Esta receita terá de ser aviada pelo boticário real, e Sua Alteza terá de tomar o remédio três vezes por dia!

Princesa *(enjoada)* – O remédio é amargo?

Médico – Um pouco, Vossa Alteza. Mas Vossa Alteza precisa tomá-lo para ficar boa logo.

Princesa *(enjoada)* – Eu não quero tomar remédio!

Médico *(baixo, para o rei)* – Vossa Majestade, aconselho-vos a insistir que Sua Alteza tome o remédio. É absolutamente indispensável para sua real saúde.

Rei – Eu cuidarei disso. Podes ir, médico.

*(Médico faz reverências profundas.)*

Médico – Vossa Majestade... Vossa Alteza. Amanhã de manhã voltarei para ver-vos.

*(Médico sai, recuando. Rei senta-se na cama, ao lado da filha.)*

Rei – Precisas tomar o remédio, filhinha. *(ela faz cara enjoada)* – É para ficares boa logo. Tu sabes como teu pai fica triste quando te vê doente...

Princesa – Mas eu não quero tomar remédio!

Rei – É preciso, minha filha querida... Olha, sabes de uma coisa? Se tomares o remédio, eu te darei o que pedires... Qualquer coisa que queiras, terás!

Princesa *(olhando para fora da janela)* – Qualquer coisa que eu queira, pai?

Rei – Qualquer coisa! Há alguma coisa que estejas querendo muito, minha filha?

Princesa – Sim, meu pai. Há uma coisa que eu quero muito. Que eu quero tanto que tenho certeza de que, só de ter essa coisa, ficarei boa mesmo sem tomar remédio!

Rei – Mas é preciso que tomes.

Princesa – Tomarei o remédio, pai, se eu ganhar o que quero.

Rei – O que queres, minha filha?

Princesa *(indicando a janela)* – Quero a Lua, meu pai!

Rei – A Lua? Mas a Lua e... e... Não serve outra coisa qualquer?

Princesa – Não, pai. Eu quero a Lua.

Rei *(decidido)* – Está bem. Tu terás a Lua, minha filha. *(beija-a e sai)*

*(Rei passa para a sala do trono. O bobo está presente, fazendo caretas.)*

Bobo – Então, Vossa Majestade?

Rei – Vai já chamar o ministro, bobo!

Bobo – Sim, meu rei. Obedeço. Vou já chamar o ministro bobo!

*(Bobo sai e volta ligeiro, seguido pelo ministro.)*

Ministro *(entrando, cumprimenta)* – Vossa Majestade mandou me chamar? O que ordena, Vossa Majestade?

Rei – Meu caro ministro, sabes que a princesa está doente...

Ministro – Sim, Vossa Majestade. Toda a corte está ciente deste fato e deseja o pronto restabelecimento de Sua Alteza...

Rei – A princesa, minha filha, está doente, e para sarar pediu uma coisa, que eu quero que lhe seja trazida hoje mesmo.

Ministro – Assim será, Vossa Majestade. Dizei-me que coisa é essa, e tomarei as providências necessárias imediatamente.

Rei – Minha filha quer a Lua.

Ministro *(arregalando os olhos)* – A Lua??!! A Lua??!!

Rei – Sim. A Lua. A Lua. Quero que me tragas a Lua ao quarto da princesa hoje mesmo. Ou amanhã de manhã, o mais tardar.

Ministro — Mas Vossa Majestade... A Lua?

Rei — A Lua, sim! A Lua, aquela ali, que está no céu! A Lua! Porque, se não tiver a Lua, a princesa não poderá sarar!

Ministro *(puxando um grande lenço e enxugando a testa, solene)* — Vossa Majestade! Durante os longos anos que vos tenho servido com dedicação e lealdade, tenho cumprido todas as vossas ordens. Tenho vos trazido muitas e estranhas coisas. Trago até comigo a lista das coisas que vos tenho arranjado... *(puxa da cintura um rolo que desenrola e começa a ler, após ajeitar os óculos)* — Deixai-me ver... Tenho conseguido, para Vossa Majestade, marfim e pérolas, macacos e faisões, rubis, opalas e esmeraldas gigantes, orquídeas negras e elefantes de âmbar, cachorros azuis, línguas de beija-flor, penas de asas de anjos, chifres de unicórnios, ogres, gnomos e sereias, incenso, âmbar-gris e mirra, trovadores e menestréis e dançarinas orientais, três pacotes de manteiga, meia arroba de açúcar e duas dúzias de ovos... Oh, perdão, isto aqui foi minha mulher que escreveu para eu comprar!

Rei — Não estou me lembrando dos cachorros azuis!

MINISTRO – Aqui na lista diz claramente: "cachorros azuis", e está marcado "executado", com lápis vermelho! Portanto, houve, sem sombra de dúvida, cachorros azuis. Vossa Majestade esqueceu, naturalmente, com as preocupações do governo...

REI – Bem, não se trata agora de cachorros azuis. O que eu preciso, nesse momento, é da Lua.

MINISTRO – Vossa Majestade, para vos servir, fui a Samarkanda, a Bagdá, a Zanzibar. Entretanto, perdoai-me o atrevimento, Vossa Majestade, a Lua está fora de cogitações.

REI – Como assim?

MINISTRO – Não é possível trazer a Lua, Vossa Majestade! A Lua está a milhares de quilômetros de distância, lá no alto do céu, e além disso ela é maior do que o quarto da princesa, de modo que não poderia caber dentro dele. E tem mais, a Lua é feita de cobre derretido, o que é muito quente, e Sua Alteza poderia se queimar. Não posso, positivamente não posso, trazer-vos a Lua, Vossa Majestade. Cachorros azuis, sim. Mas a Lua, não.

REI *(zangado)* – Sois um incapaz! Um inepto! Não sei

o que me faz conservar-vos no meu serviço! Ide-vos! Sumi da minha frente!

*(Ministro, ofendido, faz reverência e vai saindo, sem dizer nada.)*

Rei *(ao encalço)* – Mandai-me aqui o astrônomo real imediatamente!

Ministro – Sim, Vossa Majestade.

*(Ministro sai. Rei fica esperando; o bobo fica fazendo caretas. Logo entra o astrônomo real, com longo manto estrelado, chapéu pontudo etc.)*

VOZ – Sua Sapiência, o astrônomo real!

Astrônomo *(reverência)* – Vossa Majestade...

Rei – Ainda bem que vieste logo, astrônomo!

Astrônomo – Vossa Majestade ordena?

Rei – Quero a Lua para minha filha hoje mesmo, ou amanhã de manhã, o mais tardar!

Astrônomo – O quê?

Rei – A Lua! Não estais ouvindo bem? A Lua! A Lua! Minha filha está doente e só ficará boa quando tiver a Lua, e vós, meu astrônomo real, sois a única pessoa capaz de conseguir isto.

Astrônomo – A Lua, Vossa Majestade?

Rei – Sim, a Lua! Aquela ali!

*(Rei indica a janela e o astrônomo vai olhar.)*

Astrônomo *(como o ministro, solene)* – Vossa Majestade. Nos longos anos que passei ao vosso serviço, consegui muitas e estranhas coisas, por meio das artes e ciências, magias brancas e negras. Tenho até aqui comigo uma lista das coisas que fiz para Vossa Majestade... *(tira um rolinho do cinto, abre e lê)* – "Prezado astrônomo real, estou devolvendo, anexo, o pedaço de pedra filosofal que o amigo teve a gentileza de..." *(interrompe)* – Não, não é isso. *(tira outro rolo maior)* – Ah, é esta aqui... *(consulta)* – Vamos ver... Agora, Vossa Majestade. Para Vossa majestade, já tirei sangue de rabanetes e rabanetes de sangue.

Arranquei coelhos de cartolas e cartolas de coelhos. Fiz aparecer bandeiras, flores e pombas de coisa nenhuma e transformei-as em coisa nenhuma de novo. Trouxe-vos varas de condão, gênios e fadas e esferas de cristal para ver o futuro. Preparei-vos filtros, unguentos e poções para produzir e curar paixão, preguiça e dor de cotovelo. Preparei-vos uma receita especial, secreta, de sombras da noite, leite de passarinho e rangido de porta, para espantar bruxas e demônios. Trouxe-vos pedras filosofais, botas de sete léguas, o manto da invisibilidade...

REI *(interrompendo)* – Ele não funcionou!

ASTRÔNOMO – Quem?

REI – O manto da invisibilidade! Ele não funcionou!

ASTRÔNOMO – Como não? Funcionou, sim!

REI – Não funcionou! Eu vivia dando topadas nas coisas!

ASTRÔNOMO – O manto da invisibilidade tinha que fazer-vos invisível, Vossa Majestade, e não evitar que désseis topadas nas coisas.

Rei – O que sei é que, com ele, eu vivia dando topadas.

Astrônomo *(dá de ombros e continua a ler)* – Para Vossa Majestade, eu fiz cálculos complicadíssimos. Calculei a distância entre os cornos do dilema e o comprimento do monstro marinho, o preço do impagável, a quadratura do ciclâmen e o quadrado do hipopótamo! Trouxe-vos as tintas do arco-íris e o ouro dos raios de sol e mais um carretel de linha vermelha, uma caixa de agulhas e um dedal... perdão, isso foi minha mulher que anotou para eu comprar para ela.

Rei – Tudo isto está muito bem, mas o que eu quero agora é que me entregueis a Lua, hoje mesmo, ou amanhã cedo, o mais tardar, pois a princesa só poderá sarar se tiver a Lua.

Astrônomo – Impossível, Vossa Majestade!

Rei – Como assim?

Astrônomo – Ninguém pode pegar a Lua. Ela está a milhões de quilômetros de distância, é duas vezes maior do que este palácio e, além disso, é feita de queijo verde, cujo cheiro mataria toda a humanidade!

Rei *(furioso)* – Fora da minha vista! Fora! Desaparecei da minha frente, mágico incapaz! Sábio de meia-tigela!

*(Astrólogo sai, ofendidíssimo. Rei cai sobre o trono, acabrunhado. Bobo chega-se a ele.)*

Bobo – Meu rei está triste... Será que o bobo não pode fazer nada para alegrá-lo?

Rei – Ninguém pode me alegrar, bobo. Tu ouviste tudo. Minha filha quer a Lua e, se não tiver a Lua, não ficará boa. E nem o meu ministro, nem o meu astrônomo podem fazer nada...

Bobo – Quisera eu poder fazer alguma coisa...

Rei – Não podes fazer nada, bobo. O mais que podes fazer é tocar alguma coisa triste na tua flauta, porque o meu coração está triste...

Bobo *(após tomar pensativamente algumas notas)* – Meu rei... O que foi mesmo que eles disseram sobre a Lua?

Rei – Tu os ouviste, bobo... Disseram ambos que ela está longe demais. E um disse que ela é maior do que o quarto de minha filha... que é feita de cobre derretido e que minha filha se queimaria com ela... e o outro disse que a Lua é maior do que este palácio... e que é feita de queijo verde, que envenenaria, com seu cheiro, a humanidade inteira...

Bobo *(após tomar mais algumas notas)* – O ministro e o astrônomo são homens de muito saber e o que eles dizem deve ser verdade. E se cada um deles diz uma coisa diferente, quer dizer que a Lua é tal qual cada um pensa que ela é! Eu acho, meu rei, que seria interessante perguntar à princesa o que ela acha da Lua!

Rei – Isso não me havia ocorrido, bobo... Talvez tenhas razão! Vamos falar com minha filha!

*(Rei e bobo passam para o cenário do quarto, onde a princesa cochila.)*

Rei *(carinhosamente)* – Minha filha...

Princesa *(abrindo os olhos)* – Meu pai... Oh, o bobo também veio! Que bom... Trouxeste a Lua?

*(Rei olha atrapalhado, mas bobo logo fala.)*

Bobo – Ainda não, Vossa Alteza; mas vamos trazê-la logo. Vossa Alteza sabe qual é o tamanho da Lua?

Princesa – Claro que sei, bobo! *(faz uma rodela com os indicadores e polegares)* – Ela é deste tamanho. Quando eu olho para cima, ela cabe direitinho no buraco dos meus dedos.

Bobo – E ela fica muito longe, Vossa Alteza? Muito alto?

Princesa – Um pouco mais baixo do que a árvore lá fora diante da minha janela. Eu sei, porque às vezes a Lua fica presa entre os galhos da árvore.

Bobo – Ah, então vai ser fácil pegá-la. Vou logo subir na árvore e ficar esperando e, quando a Lua ficar presa entre os galhos, eu a apanho e trago para Vossa Alteza amanhã cedinho. Está bem?

Princesa – Está muito bem, bobo!

Bobo – Então eu já vou andando. *(lembra-se)* – Ah, ia me esquecendo... Vossa Alteza sabe de que é feita a Lua?

Princesa – Que bobo mais bobo que tu és! A Lua é feita de ouro polido, naturalmente!

Bobo – Naturalmente, Vossa Alteza! Então, dormi bem... amanhã tereis a Lua! Vamos, meu rei!

Rei – Descansa bem, filhinha. *(beija a filha e vai saindo)*

Bobo *(saindo com o rei, baixo)* – Não há tempo a perder, meu rei! Vou correndo ao ourives real, ele é um grande mestre, durante a noite ele nos fará uma Lua linda... Deste tamanho, de ouro polido, e com um furinho e uma corrente, para que a princesinha possa pendurá-la no pescoço! *(sai correndo)*

Rei *(para o público)* – Se alguém não tem nada de bobo, é este meu bobo!

*(Fecha o pano e imediatamente o bobo surge no proscênio, por um lado, enquanto o ourives, um velhinho simpático, aparece do outro lado, distraído. Encontram-se no meio, de chofre, chocam-se e o bobo cai sentado no chão.)*

Bobo – Mas é o senhor ourives! Que sorte! Eu queria mesmo falar contigo!

Ourives – Oh! És tu, bobo!

Bobo – Sou. Mas se eu sou bobo ou não sou bobo, não tem importância. O que importa é que sou o bobo do rei e venho com uma encomenda urgente para Sua Majestade.

Ourives – Estou aqui para receber as ordens de Sua Majestade, bobo. Qual é a encomenda? Dize que eu executo.

Bobo – É para amanhã cedo, ourives.

Ourives – Ainda que fosse para hoje. Sua Majestade manda, eu faço. Qual é a encomenda? Fala logo, bobo.

Bobo – Não é coisa fácil, mas é muito fácil, velho!

Ourives – Deixa de falar em charadas e dize logo o que é que Sua Majestade deseja: uma coroa nova para ele mesmo, um diadema incrustado de pedrarias para a princesa... Um anel raro? Uma pulseira nunca vista? Ou será um colar de sete voltas de ouro trabalhado?

Bobo – Não é nada disso, velho. É coisa muito mais fácil. É uma encomenda para a princesinha...

OURIVES – Então acertei...

BOBO – Só até aqui. É para a princesinha, mas não é nada do que disseste: nem coroa, nem diadema, nem anel, nem colar, nem pulseira...

OURIVES – Então é um broche?

BOBO – Está frio...

OURIVES – Então é um... *(interrompe-se, irritado)* – Mas o que é isso? Estás zombando de mim, bobo? Não tenho tempo para charadas nem para brincadeiras de bobo do rei. Dize logo qual é a encomenda. O que foi que Sua Alteza a princesinha pediu ao rei seu pai?

BOBO *(indiferente)* – A Lua...

OURIVES *(distraído)* – A Lua... muito bem... *(cai em si)* – A Lua!!! Mas claro... Uma joia em forma de Lua... Lua cheia, ou quarto crescente, ou minguante?

BOBO – Nada disso. A princesinha quer mesmo a Lua, a própria Lua, aquela que fica no céu!

Ourives – Enlouqueceste, bobo? A Lua que fica no céu?!! Estás mangando comigo! Logo se vê que não tens o que fazer!

Bobo – Não estou mangando contigo, velho. É sério. A princesinha pediu a Lua. Ela está doente e, se não ganhar a Lua, não ficará boa... porque não tomará o remédio!

Ourives *(sacudindo a cabeça)* – Ainda que isso fosse verdade, não seria comigo. Seria com quem entende de Lua. O senhor astrônomo, ou alguém assim... Que queres mais de mim, bobo? Vai-te embora e deixa-me trabalhar!

Bobo – Ouve, velho. Vou te explicar o que aconteceu.

*(Bobo começa a contar com gestos e movimentos corporais, dançando – com música de fundo, se possível. O ourives vai se animando, esfrega as mãos, faz que sim com a cabeça etc.)*

Bobo – Entendeste agora, ourives?

Ourives – Entendi, entendi. E é como disseste, bobo: muito difícil e muito fácil. Difícil de lembrar como fazer a coisa, mas fácil de fazer. Para mim, é muito fácil. Uma Lua cheia de ouro polido.

Bobo – Deste tamanho. *(mostra com os dedos)*

Ourives – Deste tamanho.

Bobo – Demoras muito para executar a encomenda, ourives?

Ourives – Não demoro nada, bobo. Executarei a tua encomenda num átimo. Em menos de meia hora estará pronta.

Bobo – Meia hora? Então não vale a pena eu voltar ao palácio, levará mais de meia hora para eu ir e voltar.

Ourives – Podes vir comigo para a oficina e esperar lá mesmo, bobo.

Bobo – Obrigado. Tocarei minha flauta para ti enquanto trabalhas, ourives.

Ourives *(que foi apanhar uma placa de ouro)* – Podes tocar, bobo. Eu gosto de música.

(*Bobo começa a tocar e a dançar, e saem os dois, por um lado, e logo o bobo volta só, dançando, com uma lua muito brilhante numa das mãos e uma corrente na outra. Passa pela frente do pano e sai. Abre o pano na manhã seguinte, no quarto da princesinha. Em cena, princesa, médico e rei.*)

Rei – Como passaste a noite, minha filha?

Princesa *(fraca)* – Muito mal, meu pai. Onde está a Lua?

Rei – Tem um pouquinho de paciência, filha. Logo ela estará aqui!

Médico *(espantado)* – A Lua?

Rei *(piscando para ele)* – Naturalmente. A Lua.

Médico – Oh, a Lua. *(pega o remédio)* – É preciso que tomeis o remédio, Vossa Alteza. Ainda estais com febre.

Princesa – Não. Não tomo enquanto não tiver a Lua!

Bobo *(entrando, todo alegre)* – Já a tens, princesa! Aqui está ela!

Princesa – Oh, que linda!

Bobo – Não é mesmo? E foi fácil apanhá-la! Um instante!

Princesa – Ela tem uma corrente! Ela já era assim?

Bobo – Não! Levei-a ao ourives real para fazer um buraquinho e colocar esta corrente, para que Vossa Alteza possa usá-la no pescoço.

Princesa – Que boa ideia, bobo! Quero pô-la no pescoço já!

Rei – Põe a Lua no pescoço da minha filha, bobo! O que esperas?

Bobo – Não espero! *(põe a "Lua" no pescoço da princesa)* Pronto. Que tal?

Princesa *(encantada)* – Já estou me sentindo melhor!

Médico – Então... Tomareis o remédio agora, Vossa Alteza?

Princesa – Palavra de princesa não volta atrás!

Rei – Muito bem, minha filha!

(*Princesa toma o remédio. Médico põe-lhe a mão na testa.*)

Médico – Mas que coisa extraordinária! A febre já passou!

Princesa – Posso me levantar?

Médico – Hoje ainda não, Vossa Alteza. Mas provavelmente amanhã já estareis boa. Agora, deveis repousar. *(sai, cerimonioso)* – Até amanhã, Vossa Alteza.

Rei – Repousa bem, minha filha! *(beija-a)* – Vamos.

*(Rei sai com o bobo e passa para o cenário do trono. Rei está preocupado. Senta-se no trono, pensativo. Bobo olha para ele. Pausa.)*

Bobo – Meu rei parece triste outra vez! Não fique triste, meu rei! A tua filha já está quase boa. Ela já tem a Lua.

Rei – Sim, eu sei. É isso que me preocupa, bobo.

Bobo – Como assim, meu rei? Pois não está tudo em ordem?

Rei – Está, por enquanto, bobo! Mas quando chegar a noite, minha filha verá a Lua no céu de novo. E perceberá que foi enganada! E então ficará doente outra vez!

Bobo – Mas...

Rei – É preciso fazer alguma coisa! Manda chamar o ministro, bobo! Depressa!

Bobo – Sim, meu rei.

*(Bobo sai. Rei fica agitado. Logo, bobo volta e anuncia.)*

Bobo – Sua Excelência, o senhor ministro real!

Ministro – Vossa Majestade...

Rei – Ministro! Tenho um grave problema!

Ministro – Dizei o que é, Vossa Majestade. Se não for para buscar a Lua, acharei uma solução!

Rei – Não é para buscar a Lua. Esta parte já está resolvida. O que é preciso, agora, é evitar que a princesa veja a Lua no céu esta noite! Sabeis como conseguir isto?

MINISTRO – Deixai-me pensar, Vossa Majestade. *(anda pra lá e pra cá, bate na testa)* – Eu já sei, Vossa Majestade!

REI – O que é?

MINISTRO – Mandaremos fazer para a princesa um par de óculos escuros... Diremos que são ordens do médico real. Uns óculos tão escuros que Sua Alteza não possa ver nada através deles, nem mesmo a Lua!

REI *(zangado)* – Mas que ideia mais tola! Só mesmo da vossa cabeça de ministro de meia-tigela poderia sair uma asneira destas! Com óculos escuros assim, minha filha não iria enxergar nada! Iria pensar que está cega, e de aflição ficaria mais doente ainda! Sumi da minha vista! Mandai-me aqui o meu astrônomo real!

MINISTRO – Sim, Vossa Majestade. *(sai)*

REI – Aquele velho maluco queria deixar minha filha mais doente ainda!

BOBO – É, meu rei... a ideia dos óculos não foi das mais felizes... Ah, mas aí vem Sua Sapiência, o astrônomo real!

Astrônomo *(entrando)* – Vossa Majestade!

Rei – Ah! Ainda bem que chegaste depressa! Preciso dos teus serviços, astrônomo!

Astrônomo – Desde que não seja para buscar a Lua, Vossa Majestade... O que desejais de mim?

Rei – Não é a Lua. É o contrário.

Astrônomo – O contrário? Como assim, Vossa Majestade?

Rei – É preciso esconder a Lua. É preciso que minha filha não veja a Lua no céu esta noite! É preciso esconder a Lua dos olhos de minha filha!

Astrônomo *(lentamente)* – Esconder a Lua dos olhos da princesa... Preciso meditar, Vossa Majestade... *(fica em uma posição de ioga e medita)* – Já tenho a solução, Vossa Majestade! Mandai estender em torno do palácio e do parque do palácio, sobre altos postes, um grande toldo de veludo negro – como nos circos –, um toldo que esconda o céu. Assim Sua Alteza não poderá ver a Lua.

Rei – Um toldo de veludo! Que absurdo! Esconder o céu! Impedir a entrada do ar! Com esta "solução", minha filha não poderá respirar e ficará mais doente ainda! Não serve! Não podes pensar em outra coisa?

Astrônomo – Neste caso, terei que fazer alguns cálculos matemáticos. *(tira giz ou carvão e risca no chão um quadrado grande, dentro de um círculo maior ainda, depois anda sobre o quadrado, depois sobre o círculo, depois para)* – Vossa Majestade, Vossa Majestade! Já achei a solução!

Rei – O que é?

Astrônomo – Vossa Majestade mandará dar uma grande festa pirotécnica nos jardins do palácio, logo à noite... Mandareis soltar milhares de foguetes, rojões, estrelinhas e outros fogos de artifício, que encherão o céu de tantas faíscas e fagulhas que a princesa nem poderá distinguir a Lua!

Rei *(furioso)* – Que asneira! Deveríeis usar orelhas de burro em vez deste chapéu de astrólogo! Então não percebeis que o barulho dos fogos de artifício iria perturbar o descanso da princesa? Ela iria ficar com dor de cabeça e mais doente do que antes! Fora da minha vista, imprestável! Fora! Fora! Fora!

*(Rei berra e astrônomo sai, humilhado. Rei senta-se no trono, desanimado.)*

BOBO – Meu rei...

REI – Deixa-me, bobo! Estou aborrecido! Quero ficar só!

BOBO – Sim, meu rei.

*(Bobo sai. Rei esconde o rosto nas mãos. Bobo entra pelo outro lado, pé ante pé.)*

BOBO – Meu rei, o Sol já se pôs... Está anoitecendo...

REI – Anoitecendo! Que horror! Então, logo a Lua deverá estar no céu, e minha pobre filha verá que foi enganada! Que farei, que farei!

BOBO – Não há alguma coisa que eu possa fazer para alegrar-te, meu rei?

REI – Ninguém pode me alegrar. Meu coração está acabrunhado! Toca alguma coisa triste na tua flauta, bobo.

Bobo *(tira umas notas)* – Que disseram os sábios do reino, meu rei?

Rei – Os sábios! Os sábios não sabem nada! Tu os ouviste, bobo! Eles não souberam como esconder a Lua dos olhos da minha filha!

Bobo *(mais umas notas)* – Se os sábios não sabem como esconder a Lua... é porque deve ser difícil escondê-la... entretanto...

Rei *(interrompendo)* – Olha! Olha! A Lua já está no céu! Já está lançando seus raios dentro do quarto da princesa! Como vamos explicar-lhe agora, bobo? Explicar à princesinha como é que a Lua pode estar brilhando no céu, quando está pendurada numa corrente no pescoço dela?

Bobo *(após umas notas)* – Quem soube dizer como alcançar a Lua quando os sábios do reino disseram que ela estava longe demais? Foi a própria princesa! Portanto, a princesinha é mais sábia do que os sábios do reino e entende mais de Lua do que eles... Vou perguntar à princesinha! *(sai)*

Rei *(sorrindo triste)* – Ah, desta vez não será possível... Minha pobre filha!

*(Levanta-se e segue o bobo. Passam para o quarto da princesa, que está sentada na cadeira com a lua falsa nas mãos e olhando risonha pela janela, para a Lua verdadeira. Bobo olha para o rosto da princesa, para a Lua de mentira, depois para a lua verdadeira.)*

Bobo *(timidamente)* – Vossa Alteza...

Princesa *(alegre)* – Ah, estás aqui, bobo! Vem, senta-te aqui ao meu lado; daqui poderás olhar a Lua no céu!

Bobo *(senta-se no chão e olha)* – Sim, a Lua no céu... Ela está brilhando mesmo... Vossa Alteza, dizei-me uma coisa...

Princesa – O que é, bobo?

Bobo – Dizei-me, princesa! Como é possível que a Lua esteja brilhando no céu, quando ela está pendurada no vosso real pescoço, numa corrente de ouro, e vós a tendes segura na vossa real mãozinha?

Princesa *(rindo)* – Como tu és bobo, bobo!

Bobo – Confesso que sou o bobo mais bobo que eu conheço, Vossa Alteza! Não entendo nada! Dizei-me, como é possível isso?

Princesa – Mas é tão simples, bobo. Não sabe então uma coisa tão simples? Por exemplo, quando caiu o meu dente, nasceu logo outro no lugar dele, não é?

*(Cara do bobo se ilumina, e também a do rei, que está ao lado.)*

Bobo – É verdade, Vossa Alteza!

Princesa – E quando o jardineiro real corta uma flor no jardim do palácio, nasce outra no lugar dela, não é?

Bobo *(animado)* – E quando o unicórnio da floresta perde o seu chifre, nasce outro em seu lugar!

Rei *(entrando na conversa)* – E quando o Sol desaparece à tarde, no dia seguinte nasce outro em seu lugar!

Princesa *(triunfante)* – E quando a gente tira a Lua do

céu, nasce outra em seu lugar! Tão simples, não é, meu pai?

REI *(abraçando-a, radiante)* – Sim, sim, tão simples, tão simples, minha filha.

*(Os dois riem e o bobo, risonho, tira umas notas alegres da flauta, dá algumas piruetas e volta-se para o público.)*

BOBO – E assim a princesinha que queria a Lua ficou com duas luas, uma pendurada no pescoço por uma corrente de ouro e outra brilhando no céu. E a princesinha ficou contente e sarou, e o rei ficou contente porque a filha estava contente, e o bobo, que sou eu, fiquei contente porque todos ficaram contentes, e espero que vocês também tenham ficado contentes. E assim terminou a história, entrou por uma porta, saiu por outra, quem quiser que conte outra.

FIM

# TATIANA BELINKY

Escritora, tradutora, adaptadora, roteirista de televisão e de teatro, presença atuante no movimento cultural paulista e particularmente querida pelos companheiros de ofício, Tatiana Belinky Gouveia nasceu em São Petersburgo, Rússia, em 18 de março de 1919. Aos dez anos veio com a família para o Brasil, fixando residência em São Paulo. Fez seus primeiros estudos na Europa, prosseguindo-os na Escola Americana e Curso Comercial (Mackenzie), na Faculdade de Filosofia São Bento (curso incompleto) e estudos de línguas: inglês, francês, espanhol, alemão e italiano. Naturalizou-se brasileira.

Casou-se com Júlio de Gouveia, médico psiquiatra e professor universitário, que, interessado na prevenção dos desajustamentos emocionais, encontrou no teatro para crianças e jovens o veículo ideal. Em 1948, Júlio de Gouveia fundou o Teatro Escola de São Paulo, para o qual, entre 1949 e 1951, Tatiana Belinky escreveu dezenas de peças e adaptações de livros infantis, apresentadas em espetáculos semanais, em teatros e auditórios da prefeitura de São Paulo.

Entre 1952 e 1964 (e entre 1968 e 1969), Tatiana Belinky escreveu praticamente todos os textos de teleteatro dirigidos e apresentados por Júlio de Gouveia na Televisão Tupi de São Paulo. Grande parte deles foi reapresentada no Rio de Janeiro, no Teatro Troll, de Fábio Sabag. Tais peças entravam nos programas semanais O Sítio do Picapau Amarelo e Teatro da Juventude. A intenção desses programas era oferecer um teleteatro de qualidade e promover a leitura dos livros. Daí que todos eles começavam com o apresentador, dr. Júlio de Gouveia, tirando um livro da estante e fazendo uma apresentação da obra do autor com comentários de interesse. Terminado o espetáculo, voltava o livro a ser colocado na estante, induzindo o jovem telespectador à leitura da obra. Entre adaptações e textos originais, Tatiana Belinky escreveu, nessa época, cerca de 1.500 *scripts*.

Entre 1965 e 1972, convidada pela Comissão Estadual de Teatro de São Paulo, criou e presidiu durante três gestões a Subcomissão Infantojuvenil, ocasião em que criou e publicou a revista *Teatro da Juventude*, com peças para encenar e artigos sobre teatro escolar e infantojuvenil. Posteriormente, reuniu algumas dessas peças em dois breves volumes: *Teatro da juventude I e II* (1984), que em 2005 foram reunidos em volume único, nomeado *Teatro para a juventude*.

Fonte: COELHO, Nelly Novaes. *Dicionário crítico da literatura infantil e juvenil brasileira*. São Paulo: Companhia Editora Nacional, 2006.